이별 없는 세대

▲

이별 없는 세대

볼프강 보르헤르트

김주연 옮김

▲

문학과지성사

옮긴이 **김주연**

서울대학교 독어독문학과와 같은 과 대학원을 졸업하고 미국 버클리 대학과 독일 프라이부르크 대학에서 독문학을 공부했다. 지은 책으로『문학비평론』『문학을 넘어서』『사랑과 권력』『가짜의 진실, 그 환상』『디지털 욕망과 문학의 현혹』『근대 논의 이후의 문학』『문학, 영상을 만나다』등의 문학평론집과『독일시인론』『독일문학의 본질』『독일 비평사』등의 독문학 연구서를 펴냈다. 한국독어독문학회 학회장, 한국문학번역원장을 역임했다. 30여 년간 숙명여자대학교 독문과 교수로 재직했으며, 석좌교수를 지내기도 했다. 현재는 명예교수이다.

문지 스펙트럼 세계 문학

이별 없는 세대

제1판 제1쇄 2000년 7월 15일
제1판 제7쇄 2016년 8월 8일
제2판 제1쇄 2018년 11월 5일
제2판 제6쇄 2024년 10월 28일

지은이   볼프강 보르헤르트
옮긴이   김주연
펴낸이   이광호
주간   이근혜
편집   박지현 김가영
펴낸곳   ㈜**문학과지성사**
등록번호 제1993-000098호
주소   04034 서울 마포구 잔다리로7길 18 (서교동 377-20)
전화   02) 338-7224
팩스   02) 323-4180(편집)   02) 338-7221(영업)
전자우편 moonji@moonji.com
홈페이지 www.moonji.com

ISBN 978-89-320-3504-8 03850

차례

단편

적설

    가지마다 눈이 걸려 있었다. 기관총 사수는 노래를 불렀다. 그는 러시아의 숲속 저 멀리 돌출한 초소에 있었다. 그는 성탄절 노래를 불렀는데, 때는 이미 2월 초였다. 그러나 눈이 1미터도 넘게 쌓여 있었다. 검은 나무둥치들 사이에 눈이 있었다. 검푸른 가지 위에 눈이 있었다. 잔가지에 걸려 있고, 덤불에는 바람에 불려 솜처럼, 검은 나무둥치에는 찰싹 달라붙어 있었다. 그 많고 많은 눈이. 그리고 기관총 사수는 이미 2월인데도 성탄절 노래를 불렀다.

    이럴 때는 이따금씩 사격을 해야 해. 안 그러면 이 물체가 얼어붙거든. 그저 똑바로 어둠 속에 대고 쏴. 얼어붙지 않게 하려면. 그래, 저기 저 덤불에 대고 쏴. 그래, 저기 덤불에. 그러면 거기엔 아무도 없다는 걸 곧 알게 될 거야. 안심이 되지. 15분마다 한 번씩 침착하게 연속 사격을 하면 돼. 그러면 마음이 놓여. 안 그러면 이 물체가 얼어붙거든. 이따금씩 총을 쏘면 그다지 적막하지도 않아. 그와 교대한 동료가 그렇게 말했었다. 동료는 한마디 더 덧붙였다. 방한모가 귀를 덮지 않도록 해야 해. 연대 명령이야. 초소에서는 방한모가 귀를 덮지 않도록 해야 해. 그걸 내리고 있으면 아무것도 들리지가 않거든. 이건 명령이야. 그러나 아무 소리도 들리지 않기는 매한가지야. 사방이 다 고요해. 숨소리도 들리지 않아. 벌써 일주일 내내 찍소리 하나 없다고. 자, 그러니 이따금씩 총을 쏴라. 그러면 마음이 놓여.

그렇게 그 동료는 말했다. 그리고 그는 혼자가 되었다. 방한모를 귀에서 벗어놓았다. 추위가 뾰족한 손가락으로 그의 귀를 움켜잡았다. 그는 혼자 서 있었다. 그리고 눈이 가지들마다 걸려 있었다. 검푸른 나무둥치에 달라붙어 있었다. 덤불 위에 첩첩이 쌓여 있었다. 높이 솟은 탑을 쌓았다가 또 푹 꺼지면서 바람에 흩날렸다. 그 많고 많은 눈이.

그가 서 있는 눈 속은 위험조차 아주 나지막한 소리로 들렸다. 위험은 아주 멀리 떨어져 있다가 어느새 바로 뒤에 와 있을지도 몰랐다. 눈은 위험을 숨겨두고 있었다. 그는 눈 속에 혼자, 그것도 밤에, 난생처음 혼자 눈 속에 서 있었고, 눈은 다른 사람의 접근을 거의 들리지 않게, 아주 멀리 떨어져 있는 것처럼 착각하게 했다. 눈이 사방을 너무 고요하게 만들었기 때문에 귓전에서 피 도는 소리가 요란하게 들렸고, 너무 요란하게 들려 그 소리에서 결코 벗어날 수가 없었다. 이렇게 눈은 사방을 고요하게 했다.

이때 한숨 소리가 들렸다. 왼쪽. 앞쪽. 다음에는 오른쪽.

다시 왼쪽, 또 갑자기 뒤에서. 기관총 사수는 숨을 죽였다. 그때 다시 한숨 소리. 귓전에서 아주 커다랗게 쏴쏴 하는 소리. 이때 다시 한숨 소리가 났다. 그는 외투 깃을 잡아 젖혔다. 잡아 젖히는 손가락이 떨렸다. 귀를 덮지 않도록 손가락이 외투 깃을 잡아 젖혔다. 이때 한숨 소리. 땀이 차갑게 철모 밑으로 흘러내려 이마에서 얼었다. 이마 위에서 곧장 얼었다. 영하 42도의 추위였다. 땀이 철모 밑으로 흘러내려 얼어붙었다. 한숨 소리. 뒤쪽이다. 다시 오른쪽. 멀리 앞쪽. 다시 이쪽. 저쪽. 또 저기에서도.

기관총 사수는 러시아의 숲속에 서 있었다. 가지마다 흰 눈이 매달리고 귓전에서 피 도는 소리가 크게 들렸다. 그리고 땀이 이마에서 얼어붙었다. 땀이 철모 밑으로 흘러내렸다. 한숨 소리 때문이었다, 무엇인가의 혹은 누군가의. 눈은 그 소리를 가만히 숨겨두고 있었다. 그 때문에 땀이 이마에서 얼어붙었다. 귀에 들리는 공포가 너무 커서. 한숨 소리 때문에.

그래서 그는 노래를 불렀다. 공포가 더 이상 들리지 않게 큰 소리로 노래를 불렀다. 한숨 소리도 들리지 않고 땀이 얼어붙지도 않게 그는 노래를 불렀다. 그러자 공포가 더는 들리지 않았다. 성탄절 노래를 부르자 한숨 소리가 더는 들리지 않았다. 러시아의 숲속에서 그는 큰 소리로 성탄절 노래를 불렀다. 러시아의 숲속 검푸른 나뭇가지에 눈이 매달려 있었다. 많은 눈이.

갑자기 큰 가지 하나가 뚝 부러졌다. 기관총 사수는 숨을 죽이고 재빨리 몸을 돌려 권총을 뽑아 들었다. 그때 상사가 눈 속을 뚫고 껑충껑충 그에게로 다가왔다.

이제 난 총살당할 거야. 기관총 사수는 생각했다. 초소에서 노래를 부르다니. 이제 난 총살당할 거야. 어느새 상사가 다가왔다. 그의 뛰는 꼴이라니. 초소에서 노래를 불렀으니 이제 그들이 와서 나를 총살하려는 거야.

그는 권총을 단단히 손에 쥐었다.

상사가 가까이 다가와서 그 앞에 멈춰 섰다. 주변을 둘러보았다. 넘어졌다. 그러더니 헐떡거리며 말했다.

아이쿠, 날 좀 잡아주게, 응. 아이쿠! 원 참! 그러더니 그는 웃었다. 두 손을 짚고 넘어졌지만 웃으며 말했다. 아직도 성탄절 노래라니. 이 저주받은 러시아의 숲속에서 성탄절 노래라니. 지금은 2월이 아닌가? 벌써 2월이 아닌가 말이야. 그런데 성탄절 노래를 듣게 되다니. 이게 다 무시무시한 정적 때문이네. 성탄절 노래라니! 아이고, 또! 여보게, 나를 꼭 좀 잡아주게. 조용히 해봐. 저기! 아니, 이제 끝나버렸잖아. 웃지 말게. 상사는 말하고 나서 다시 헐떡거리며 기관총 사수를 꼭 붙잡았다. 자네, 웃지 말라고. 이게 다 정적 때문이야. 몇 주씩이나 계속되는 이 적막함. 찍소리 하나 없었어! 아무 소리도! 그런데 어느 순간 성탄절 노래가 들리는 거야.

때는 이미 2월인데. 그렇지만 이게 다 눈 때문이지. 여기에
는 눈이 참 많기도 해. 어이, 웃지 말라니까. 말해두는데 이
게 사람을 미치게 한단 말이야. 자네는 이제 겨우 이틀째 여
기 있지. 하지만 우리는 벌써 몇 주째 눈 속에 앉아 있다네.
숨소리도 없이. 아무 소리도 없이. 이게 사람을 미치게 하지.
사방이 온통 고요해. 숨소리조차 들리지 않아. 몇 주 동안이
나. 그런데 점차로 성탄절 노래가 들린단 말이야, 응. 웃지
마. 그런데 자네를 보자마자 갑자기 노랫소리가 사라져버렸
어. 아이고, 사람을 미치게 하는군. 이 영원한 정적이. 이 영
원한.

상사는 아직도 헐떡거렸다. 그리고 웃었다. 그를 꼭 잡았
다. 그래서 기관총 사수도 그를 다시 단단히 붙잡았다. 그러
고 나서 둘은 웃었다. 러시아의 숲속에서. 2월에.

이따금 작은 나뭇가지가 눈에 눌려 휘었다. 그러면 눈은
검푸른 가지 사이를 미끄러져 땅에 떨어졌다. 이때 한숨 소
리가 났다. 아주 나지막하게. 앞에서. 왼쪽에서. 그러고는 이
쪽에서. 저쪽에서도. 사방에서 한숨 소리가 났다. 눈이 가지
마다 매달려 있었다. 그 많고 많은 눈이.

여기 있어줘요, 기린

그는 잿빛으로 그을고 달처럼 외로운 거대한 홀 안에, 바람이 소용돌이쳐 지나간 밤의 텅 빈 플랫폼에 서 있었다. 밤이 되어 텅 빈 기차역은 황량하고 무의미해져버린 이 세상의 끝이다. 그리고 텅 비어 있다. 텅 빈, 텅 빈, 텅 빈. 그런데도 계속 가려다 보면 너는 길을 잃게 된다.

그러면 너는 길을 잃는다. 어둠은 무시무시한 목소리를 가지고 있으므로. 그 어둠에서 너는 벗어날 수 없으며 어둠은 너를 순식간에 압도한다. 어제 네가 저지른 살인에 대한 기억으로 너를 엄습한다. 내일 네가 저지를 살인에 대한 예감으로 너를 덮쳐든다. 그리고 어둠은 네 안에서 비명을 키운다. 자신의 바다에 압도당한 고독한 짐승이 내지르는, 일찍이 들어보지 못한 물고기의 비명을. 그 비명은 네 얼굴을 갈가리 찢고, 그 안에 공포와 뚝뚝 듣는 위험으로 가득 찬 구덩이를 만들어 다른 이들을 경악하게 한다. 자신의 바다에서 고독한 짐승이 내지르는 무시무시한 어둠의 비명은 그토록 적막하다. 그리고 밀물처럼 불어나 부서지는 파도처럼 검게 흔들리며 위협적으로 쏴쏴거린다. 거품처럼 부서져 사라지면서 쏴쏴거린다.

그는 세상의 끝에 서 있었다. 차갑고 하얀 아크등은 무자비하게 모든 것을 발가벗겨 가련하게 만들었다. 그러나 그 뒤에서는 무시무시한 어둠이 커가고 있었다. 그 어떤 암흑도 텅 빈 밤 플랫폼을 비추고 있는 하얀 등불 주변의 어둠처럼 그토록 어둡지는 않았다.

당신이 담배를 가진 걸 봤어요. 창백한 얼굴에 지나치게 빨간 입술을 한 여자가 말했다.

그래, 조금 있지. 그가 말했다.

그럼 나와 함께 가지 않겠어요? 그녀가 가까이에서 소곤거렸다.

아니, 가긴 어딜? 그가 말했다.

당신은 나를 잘 몰라서 그래요. 그녀가 코를 벌름거리며 그의 곁을 서성거렸다.

웬걸, 다 똑같지 뭘. 그가 대답했다.

당신은 기린이에요, 키다리 씨. 고집쟁이 기린! 그럼 내가 어떻게 보여요, 네?

배고프고 벌거벗고 화장을 했지. 다 똑같아. 그가 말했다.

당신은 키다리에다 멍청이에요, 기린 씨. 그녀가 가까이에서 키득거렸다. 하지만 좋은 사람 같군요. 담배도 있고. 자, 가요, 밤이에요.

그가 그녀를 쳐다보았다. 좋아, 그가 웃었다. 당신은 담배를 얻고 난 당신에게 키스를 하지. 하지만 내가 당신 옷을 만지면, 그럼 어쩌지?

그러면 나는 얼굴이 빨개지겠죠. 그녀가 말했다. 그는 그녀의 비죽 웃는 모습이 천박하다고 느꼈다.

화물열차가 으르렁거리며 홀을 지나갔다. 그러고는 갑자기 소리가 뚝 끊겼다. 아물거리며 희미해지는 화물열차의 미등이 어둠 속에서 당혹스럽게 소멸되었다. 진동하며, 신음하며, 삐걱대며, 덜커덩거리며 지나갔다.

그는 그녀와 함께 갔다.

그리고 손과 얼굴과 입술이 맞닿았다. 그런데 얼굴들은 모두 다 피를 흘리고 있군, 그는 생각했다. 입에서는 피가 흐르고 손에는 수류탄을 들고 있단 말이야. 하지만 이제 그는 립스틱을 맛보았고 그녀의 손은 그의 야윈 팔을 움켜잡았다. 그러자 신음 소리가 나고 철모*가 흘러내리고 눈빛이 흐려졌다.

당신 죽어가는군. 그가 소리쳤다.

죽는다, 그녀가 환성을 올렸다. 그건 뭔가 의미심장하네요, 정말.

그녀는 철모를 다시 이마까지 눌러썼다. 그녀의 검은 머

* 여자의 가발을 가리킨다.

리가 생기 없이 반짝거렸다.

아, 당신 머리카락. 그가 속삭였다.

여기 있을 거죠? 그녀가 나지막하게 물었다.

응.

오래?

응.

언제나?

당신 머리카락에서 젖은 나뭇가지 냄새가 나는군. 그가
말했다.

언제나? 그녀가 다시 물었다.

다음 순간, 멀리서 다가오는 둔중하고 거대한 비명. 물고
기 비명, 박쥐 비명, 풍뎅이 비명. 한 번도 들어본 적 없는 기
관차가 내는 짐승의 소리. 열차는 이 비명 소리에 잔뜩 겁에
질려 철로에서 그렇게 비틀거렸던가? 창백하게 빛바랜 성
좌 아래서 울리는 한 번도 들어본 적 없는 새로운 연노랑 비
명. 이 비명 소리에 별들이 비틀거렸던가?

그가 창문을 열어젖히자, 밤이 차가운 손으로 벌거벗은
가슴을 움켜쥐며 말했다. 난 가야 해.

여기 있어줘요, 기린 씨! 그녀의 입이 하얀 얼굴 속에서
병색 짙은 빨간색으로 아물거렸다.

그러나 의족을 한 기린은 공허하게 울리는 발걸음 소리와
함께 포장도로를 건너 떠나갔다. 그의 뒤에서 달빛 우울한

거리가 다시 돌 같은 고독 속으로 적막하게 가라앉았다. 창
문들은 희뿌연 우윳빛 입김을 불어넣은 유리를 끼운 듯 파
충류의 눈처럼 죽어 보였다. 커튼이, 잠에 겨워 몰래 숨 쉬는
눈꺼풀같이 바람에 가만히 흔들렸다. 이리저리 흔들거렸다.
하얗고 부드럽게 흔들거리며 그의 뒤에서 애처롭게 손을 흔
들었다.

　창의 문짝이 야옹 소리를 냈다. 그녀는 가슴이 시려왔다.
그가 돌아보았을 때 창유리 뒤에는 지나치게 빨간 입이 있
었다. 기린 씨, 그 입은 울고 있었다.

눈 속에서 얼어 죽은 고양이

    남자들이 밤거리를 지나갔다. 그들은 콧노래를 하고 있었다. 그들 뒤로 밤 한가운데 붉은 반점이 하나 있었다. 역겨운 붉은 반점이었다. 그 반점은 마을이었기 때문이다. 마을은 불타고 있었다. 남자들이 불을 지른 것이었다. 남자들은 군인이었기 때문이다. 전쟁 중이었기 때문이다. 못을 박은 그들의 군화 밑에서 눈이 비명을 질렀다. 역겨운 비명을 질렀다, 눈이. 사람들이 집들을 둘러서 있고, 집들은 불타고 있었다. 그들은 솥이며 아이들, 이불을 옆구리에 끼고 있었다. 핏빛 눈 속에서 고양이들이 비명을 질렀다. 눈은 불에 비쳐 그렇게 붉은 것이었다. 그리고 눈은 말이 없었다. 사람들이 바작바작 타며 신음 소리를 내는 집들 주변에 말없이 둘러서 있었기 때문이다. 그래서 눈은 비명을 지를 수 없었다. 집에 목상木像을 가진 사람들도 몇 있었다. 금색, 은색, 파란색의 작은 목상이었다. 그때, 목상 위로 둥그스름한 얼굴에 갈색 수염을 기른 한 남자를 볼 수 있었다. 사람들은 아주 멋지게 생긴 그 남자의 두 눈을 뚫어져라 응시했다. 그러나 집들은 불타고 있었다. 여전히, 계속해서 그치지 않고 불탔다.

이 마을 옆에 또 다른 마을이 하나 있었다. 그날 밤 그곳 사람들은 창가에 서 있었다. 그리고 때때로 눈이, 달빛처럼 환한 눈이 저편 마을의 불빛 때문에 담홍색을 띠기도 했다. 사람들은 서로 마주 보았다. 짐승들이 축사 담장에 쿵쿵거리며 부딪쳤다. 사람들은 아마도 어둠 속에서 건성 고개를 끄덕였을 것이다.

머리가 벗어진 남자들이 탁자 앞에 서 있었다. 두 시간 전에 그중 한 남자가 붉은 색연필로 선을 하나 그었다. 지도 위에. 지도 위에는 점이 한 개 있었다. 그 마을이었다. 그다음 누군가가 전화를 했다. 그러자 군인들이 반점, 핏빛으로 불타는 그 마을을 밤의 어둠 속으로 깨끗이 쓸어 넣어버렸다. 담홍색 눈 속에서 비명을 지르며 얼어 죽어가는 고양이들과 함께. 머리가 벗어진 남자들 사이에서 다시 나지막한 노랫소리가 들렸다. 한 처녀가 노래를 부르고 있었다. 그리고 때때로 천둥소리가 들렸다. 아주 멀리서.

남자들이 밤거리를 지나갔다. 그들은 콧노래를 하고 있었다. 그리고 배나무 냄새를 맡았다. 전쟁 중이 아니었다. 남자들은 또 군인이 아니었다. 그러나 그때 하늘에는 핏빛 반점이 하나 있었다. 남자들은 이제 콧노래를 그쳤다. 한 남자가 말했다. 저기 봐, 태양이야. 그들은 계속 걸어갔다. 그러나 이제 콧노래는 부르지 않았다. 꽃 피는 배나무 아래에서 담홍색 눈이 비명을 지르고 있었기 때문이다. 그리고 그들은 이 붉게 물든 눈에서 다시는 벗어나지 못했다.

반쯤 남은 마을에서 아이들이 새카맣게 불탄 막대기를 가지고 놀고 있었다. 그런데, 그때 거기에서 하얀 막대기 조각이 하나 나왔다. 뼈다귀였다. 아이들은 그 뼈다귀로 축사 담장을 두드렸다. 누군가가 북을 치는 것 같은 소리가 들렸다. 톡톡, 뼈다귀가 소리를 냈다. 톡, 톡, 톡. 누군가가 작은 북을 치는 것 같은 소리가 들렸다. 아이들은 즐거워했다. 아주 예쁘고 말끔한 뼈였다. 그것은 어느 고양이에게서 나온 것이었다. 그 뼈다귀는.

밤꾀꼬리가 노래한다

우리는 밤에 속옷만 걸친 채 맨발로 서 있고 그 새는 노래를 한다. 힌슈 씨는 병이 들었다. 힌슈 씨는 해수병*에 걸렸다. 그는 창틀이 꼭 들어맞지 않아서 겨울에 폐를 상했다. 힌슈 씨는 아마 죽을 것이다. 그리고 때때로 비가 내린다. 라일락 비다. 라일락이 보랏빛으로 가지에서 흘러내리며 젊은 여인의 향기를 풍긴다. 힌슈 씨만이 그 향기를 맡지 못한다. 힌슈 씨는 해수병에 걸렸다. 밤꾀꼬리가 노래한다. 그리고 힌슈 씨는 아마 죽을 것이다. 우리는 속옷 바람에 맨발로 서서 그의 기침 소리를 듣는다. 온 집 안이 기침 소리로 가득하다. 그러나 밤꾀꼬리는 온 세상 가득히 노래를 부른다. 힌슈 씨는 폐에서 겨울을 떨쳐낼 수가 없다. 라일락이 보랏빛으로 가지에서 흘러내린다. 밤꾀꼬리가 노래한다. 힌슈 씨는 밤과 밤꾀꼬리와 보랏빛 라일락 비로 가득한, 달콤한 여름의 죽음을 맞는다.

* 기침을 심하게 하는 병.

24

팀은 그런 여름의 죽음을 맞지 못했다. 팀은 홀로 외롭게 얼음장 같은 겨울의 죽음을 맞았다. 내가 교대하러 갔을 때 팀의 얼굴은 눈 속에서 아주 노랗게 보였다. 그 노란빛은 달빛 때문은 아니었다. 달은 뜨지도 않았으니까. 그렇지만 밤에 본 팀은 진흙 같았다. 고향 변두리의 차고 습한 구덩이 속 진흙처럼 그렇게 노란색이었다. 예전에 우리는 그 진흙으로 사람을 빚으며 놀곤 했다. 그러나 나는 팀도 진흙으로 만들어질 수 있으리라고는 결코 생각해보지 못했다.

팀은 초소에 나갈 때 철모를 가져가려 하지 않았다. 나는 밤을 한껏 느끼고 싶어. 그는 말했다. 철모를 써야 해. 하사가 말했다. 언제 사고가 일어날지 모르니까. 그랬다간 내가 바보가 돼. 나중에 내가 바보가 된다고. 그러자 팀이 하사를 쳐다보았다. 그는 하사를 통해 이 세상 끝까지 꿰뚫어 보았다. 그러더니 팀은 세상사에 관한 일장 연설을 늘어놓았다.

우리는 어차피 바보들이야. 문가에서 팀이 말했다. 우리 남자들은 모조리 다 바보들이라고. 우리는 술과 재즈와 철모와 여자가 있고, 집과 만리장성과 등불이 있지. 이 모든 걸 다 가지고 있어. 그러나 우리는 두려움 때문에 그것들을 가지고 있지. 두려움을 이기려고 우리는 그것들을 소유하는 거라고. 하지만 우리는 여전히 바보들이지. 우리는 두려움 때문에 사진을 찍고 두려움 때문에 아이를 낳고 두려움 때문에 여자들 품속으로 파고들지, 항상 여자들 품으로 말이야. 두려움 때문에 기름에 심지를 담가 불을 붙이지. 그러나 우리는 여전히 바보들이야. 이 모든 걸 우리는 두려움 때문에, 두려움을 이기려고 하는 거야. 철모를 쓰는 것도 두려움 때문이야. 그러나 이 모든 게 우리에게 아무 소용이 없어. 우리가 실크 속치마나 밤꾀꼬리의 신음 소리에 빠져 우리 자신의 삶을 잊는다 해도, 어느새 두려움이 우리를 사로잡거든. 그 순간, 두려움은 어디선가 기침을 하고 있어. 두려움이 우리를 엄습하면 철모도 소용이 없어. 그러면 집도 여자도 술도 철모도 아무 소용이 없는 거야.

이것이 팀이 들려준 세상사에 관한 위대한 연설의 한 토막이었다. 그는 이 이야기를 온 세상에 대고 늘어놓았는데, 당시 벙커 안에는 우리 일곱 명이 전부였다. 그것도 대부분은 팀이 연설하는 동안 자고 있었다. 잠시 후 세상살이 연설가 팀은 초소로 갔다. 다른 사람들은 코를 골고 있었다. 철모는 그의 자리에 그대로 놓여 있었다. 하사가 다시 주장했다. 나는 바보가 돼. 무슨 일이 일어나면, 나는 바보가 되는 거라고. 그러고는 잠이 들었다.

내가 교대하러 갔을 때 팀의 얼굴은 눈 속에 아주 노랗게 묻혀 있었다. 변두리의 구덩이 속 진흙처럼 노란빛을 띠고 있었다. 그리고 눈은 역겨울 만큼 새하얬다.

네가 진흙으로 빚어졌을 수도 있으리라고는 전혀 생각해 보지 못했어, 팀. 내가 말했다. 너의 위대한 연설은 비록 짧지만 이 세상 끝까지 다다를 거야. 너의 말은 진흙 따위는 완전히 잊게 해줘. 너의 연설은 언제나 대단해, 팀. 정말이지 훌륭한 연설이야.

그러나 팀은 아무 말도 하지 않았다. 그의 노란 얼굴은 밤의 새하얀 눈 속에서 별로 좋아 보이지 않았다. 눈은 역겨울 정도로 창백했다. 팀은 자고 있는 거라고 나는 생각했다. 두려움에 관해 그렇게 위대한 연설을 늘어놓을 수 있는 자라면, 러시아인들이 득실대는 이곳 숲속에서도 잠을 잘 수 있겠지. 팀은 눈구덩이에서 노란 얼굴을 자기 총 위에 올려놓고 있었다. 일어나, 팀. 내가 말했다. 팀은 일어나지 않았고, 그의 노란 얼굴은 눈 속에서 낯설어 보였다. 나는 군화로 팀의 뺨을 눌렀다. 군화에는 눈이 있었다. 눈이 뺨에 남았다. 군화에 눌린 뺨에 작은 자국이 하나 생겼다. 그리고 그 자국은 그대로 남아 있었다. 그때 나는 팀의 손이 총을 감싸 쥐고 있는 것을 보았다. 집게손가락은 아직도 구부린 채였다. 나는 한 시간을 눈 속에 서 있었다. 나는 한 시간을 팀 곁에 서 있었다. 그러고 나서 죽은 팀에게 말했다. 네가 옳아, 팀. 그모든 것이 우리에게 아무 소용이 없어. 여자도 십자가도 밤꾀꼬리도, 팀. 흩어져 내리는 라일락조차도 말이야, 팀. 밤꾀꼬리 소리를 듣고 라일락 향기를 맡는 힌슈 씨 역시 죽을 수밖에 없으니까. 그래도 밤꾀꼬리는 노래한다. 그저 홀로 노래할 뿐이다. 그리고 힌슈 씨도 완전히 홀로 죽는다. 밤꾀꼬리는 그런 것에 개의치 않는다. 밤꾀꼬리는 노래한다. (밤꾀꼬리 역시 진흙으로 빚어진 것은 아닌지? 너처럼 말이야, 팀?)

오후와 밤의 열차

　강과 도로는 우리에게 너무 느리다. 너무 구불구불하다. 우리는 집에 가려 한다. 우리는 그것이, 집이 어디 있는지 모른다. 그러나 우리는 그곳에 가고 싶다. 도로와 강은 우리에게 너무 구불구불하다.

　열차는 다리와 댐 위에서 굉음을 울린다. 검푸르게 숨 쉬는 숲을 지나, 별들로 수놓인 실크와 벨벳 같은 밤을 뚫고, 화물열차들이 칙칙폭폭 소리를 내며 나타나서는 끊임없이 바퀴를 굴리며 사라져간다. 수백만 개의 못이 박힌 침목 위를 덜컹거리며 나아간다. 멈추지 않고. 쉴 새 없이. 열차들이. 댐 위를 딸가닥거리고 다리 위를 으르렁댄다. 안개 속에서 천둥소리를 내며 나타났다가 어둠 속으로 아물아물 사라진다. 으르렁대고 웅웅거리는 열차들. 중얼거리고 서두르고 언뜻 굼뜨면서도 초조해하는 화물열차 — 그들은 우리 같다.

　그들은 꼭 우리 같다. 그들은 화려하고 웅장하게, 아득히 먼 곳에서부터 외마디 외침 소리로 접근을 알린다. 그러고는 놀랍게도, 온 세상을 뒤집어엎기라도 할 듯한 기세로 뇌우처럼 다가온다. 그럴 때 그들은 모두 닮은꼴이며, 언제나 보는 이를 놀래며 흥분시킨다. 그러나 순식간에, 그들의 본래 의도를 알아차리기도 전에 그들은 지나가 버린다. 그러고는 아무 일도 없었던 듯 조용해진다. 기껏해야 매연과 그을린 풀이 나란히 남아 그들이 지나간 흔적을 입증할 뿐이다. 그런 다음 그들은 조금은 우울하게 아득히 먼 곳에서 외마디 외침 소리로 작별을 고한다. 우리처럼.

　그들 중 일부는 노래를 한다. 웅웅대고 흥얼거리며 우리의 행복한 밤을 관통하고, 우리는 그들의 단조로운 노래를, 집으로 — 집으로 — 집으로 하고 반복하는 그들의 기대와 갈망에 찬 리듬을 사랑한다. 혹은 그들은 앞날을 기약하듯 잠자는 시골길을 서둘러 달리거나, 겁에 질리고 잠에 겨운 불빛이 비치는 외로운 소도시의 기차역을 공허하게 으르렁대며 지나간다. 내일은 브뤼셀, 내일은 브뤼셀 하며. 그뿐인가. 그들은 훨씬 더 많은 것을 알고 있다. 약하게, 너만 들리게, 네 옆에 앉은 사람들은 들리지 않게, 약하게. 울라가 기다린다 — 울라가 기다린다 — 울라가 기다린다 하고. 그러나 그중에는 침착하게 달리는 열차들도 있다. 그들은 끝없이 길고 노련한, 낡은 화물열차들의 여유로운 리듬을 가지고 있다. 그들은 온갖 소리로 웅얼거리고 으르렁대며, 한 번도 본 적 없는 목걸이처럼 달 아래 풍경에 누워 있다. 창백한 달빛에 무한한 광채와 마력과 색채를 띠며 암갈색, 검은색,

담청색 혹은 하얀색으로.

사람 스무 명과 말 마흔 마리가 탄 화물칸, ─ 동화처럼 동물 냄새와 향수 냄새를 풍기는 석탄칸, ─ 숲처럼 숨 쉬는 목재 운반칸, ─ 거칠게 코를 코는 곡예사와 꼼짝없이 갇힌 짐승들을 실은 담청색의 서커스칸, ─ 그린란드처럼 서늘하고 하얀, 생선 비린내를 풍기는 얼음 운반칸. 그들은 무한히 풍성한 모습으로, 강철 레일 위에 값비싼 목걸이처럼 누워 찬란하고 희귀한 뱀같이 달빛 속을 미끄러져 간다. 그리고 그들은 밤마다 귀를 기울이며 살아가는 사람들에게, 귀를 기울이며 돌아다니는 사람들에게, 병든 사람과 감금된 사람들에게 한없이 넓은 세상을, 그곳의 보물들과 달콤한 것들을, 그곳의 끝과 끝없음을 이야기한다. 그리하여 잠 못 이루는 사람들을 달콤한 꿈속으로 속삭여 잠재운다.

그러나 무자비하고 가차 없이, 잔인하게, 아무 곡조도 없이 밤 속을 딸그락거리며 달리는 놈들도 있다. 그들의 박동소리는 좀처럼 귀에서 사라지지 않고, 너를 뒤쫓는 천식에 걸린 악랄한 개의 숨소리처럼 집요하고 역겹다. 계속 앞으로, 돌이킴 없이, 영원히, 영원히. 혹은 굉음을 울리는 바퀴들과 더불어 더더욱 격렬하게 모든 것이 지나가 버린다. 모든 것이 다 지나가 버린다. 그들의 노랫소리는 우리에게 잠을 베풀기는커녕 양옆으로 늘어선 평화로운 마을들을 꿈에서 깨게 하고, 결국 성난 개들이 쉰 목소리로 짖어대게 한다.

잔혹하고 뇌물도 통하지 않는 그들은 또 고함을 지르며 흐느끼며 빛 잃은 성좌 아래를 굴러가고, 비조차도 그들을 진정시키지 못한다. 그들의 외침 속에서 향수와 상실과 버림받은 마음이 비명을 지르고, 피치 못할, 헤어진, 지나가 버린, 막연한 그 무엇이 흐느껴 운다. 그리고 그들은 달빛 비치는 철로 위에서 불행한 마음과 슬픔에 잠겨 둔탁한 리듬으로 우레 같은 소리를 낸다. 너는 결코 그들을 잊지 못한다.

그들은 꼭 우리 같다. 아무도 그들에게 고향에서 맞는 죽음을 보장해주지 않는다. 그들은 휴식도, 밤의 안식도 없으며 병들었을 때만 쉴 뿐이다. 그들은 목적지도 없다. 어쩌면 슈테틴이나 소피아나 피렌체에 집이 있을지도 모른다. 그러나 그들은 코펜하겐과 알토나 사이에서 혹은 파리 외곽에서 갈래갈래 찢긴다. 혹은 드레스덴에서 고장으로 정지해 있기도 한다. 또는 노년의 몸으로 몇 년 동안 더 기만적으로 쓰인다. 선로 수선공들의 비 막이가 되거나 시민들의 주말 별장으로.

그들은 꼭 우리 같다. 그들은 사람들의 생각보다 훨씬 잘 견뎌낸다. 그러나 어느 날엔가 철로에서 쓰러지거나 정지하거나 어느 중요한 기관을 잃고 만다. 그들은 항상 어디론가 가려 한다. 결코 한곳에 머무는 일이 없다. 그런데 이런 상태가 끝나고 나면 그들의 삶은 무엇인가? 길 위의 삶, 그러나 그것은 웅장하고 잔혹하고 끝이 없다. 오후와 밤의 열차.

철둑길의 꽃들은 그을린 꽃송이로, 전깃줄에 앉은 새떼는 그을린 목소리로 열차들과 친해지며 오랫동안 그들을 기억한다.

아득히 먼 곳에서부터 기대에 찬 기적이 울려올 때면, 우리는 또 놀란 눈을 하고 멈춰 선다. 온 세상을 뒤집어엎기라도 할 듯한 기세로 뇌우처럼 다가올 때, 우리는 머리칼을 흩날리며 서 있다. 다시 아득히 먼 곳으로 사라지며 울려댈 때까지 우리는 그을린 뺨으로 여전히 서 있다. 저 멀리 사라져가는 기적 소리. 외침 소리. 본래 그것은 무無였다. 혹은 모든 것이었다. 우리처럼.

그들은 감옥의 창가에서 달콤하고 위태로운, 기대에 찬 리듬을 두드린다. 그러면 너, 마음 약한 죄수는 귀가 된다. 문 두드리며 달려오는 밤의 열차에 너는 끝없이 귀를 기울이고, 그들의 비명과 기적 소리는 네 감방의 부드러운 어둠을 고통과 욕망으로 뒤흔들어놓는다.

혹은 네가 밤에 열병을 잠재우고 있을 때면, 그들은 포효하며 침대 위로 무너져 내린다. 그러면 달빛처럼 파란 혈관들이 전율하면서 노래를, 화물열차의 노래를 받아들인다. 간다 — 가고 있다 — 가고 있다 — 이때 네 귀는 끝 모를 심연이 되어 이 세상을 집어삼킨다.

가고 있다. 그러나 열차는 항상 너를 역 위에 뱉어내고, 이별과 출발은 피할 길이 없다.

정거장들은 너의 어두운 거리에서 창백한 표지판들을 마치 이마처럼 치켜들고 있다. 그리고 그들은 이름이, 주름 잡힌 이마 같은 표지판들에는 이름이 있다. 그 이름들이 이 세상이요, 그들은 침대, 굶주림 그리고 여자라고 불린다. 울라 혹은 카롤라. 얼어붙은 발과 눈물. 정거장들의 이름은 담배나 립스틱 또는 술이다. 아니면 신神이거나 빵이다. 그리고 정거장의 창백한 이마들, 그 표지판들은 이름이 있다. 그들은 여자라고 불린다.

　너 자신이 철로다. 녹슬고 얼룩이 진, 은빛으로 반짝이고 아름답고 막연한 철로다. 너는 정거장으로 나뉘고, 역과 역 사이에 묶여 있다. 정거장들에는 표지판이 있고 저기 여자가, 달이 혹은 살인이 있다. 그것은 이 세상이다.

　너는 열차다. 덜커덩거리며 기적을 울리며 지나가는 열차다. 너는 철로다. 온갖 일이 네 위에서 일어나고 너를 녹슬어 눈멀게 하고 은빛으로 반짝이게 한다.

　너는 인간이다. 너의 뇌는 기린처럼 외롭게 끝도 없이 긴 목 위 어디엔가 붙어 있다. 그리고 네 마음을 속속들이 아는 이는 아무도 없다.

허공에 떠도는 한밤의 소리

전차가 축축하게 안개 낀 오후를 뚫고 달리고 있었다. 우중충한 잿빛 오후, 노란색 전차는 그 오후 속으로 꼬리를 감추었다. 11월의 거리는 텅 비어 소음도 환락도 없다. 전차의 노란빛만이 안개 낀 오후 속에서 외로이 가물거렸다.

그러나 전차 안에는 사람들이 따뜻하게, 숨을 쉬며, 상기된 표정으로 앉아 있었다. 대여섯 명의 사람들이, 11월의 오후에 길을 잃은 고독한 사람들이 거기에 앉아 있었다. 그러나 안개는 피할 수 있었다. 위안을 주는 흐릿한 작은 등불 아래, 완전히 따로 떨어져서 축축한 안개를 벗어나 앉아 있었다. 전차 안은 텅 비어 있었다. 겨우 다섯 사람이 멀찍이 떨어져 앉아 숨을 쉬고 있을 뿐이다. 차장은 이 쓸쓸하고 안개 낀 늦은 오후의 여섯번째 사람이었는데, 은은한 빛깔의 놋쇠 단추가 달린 옷을 입고 축축하게 김이 서린 유리창에 입김을 불어 커다랗게 찡그린 얼굴들을 그렸다. 전차는 11월을 뚫고 노란빛으로 비틀거리며 질주했다.

전차 안에는 안개를 벗어난 다섯 사람이 앉아 있고 차장은 서 있는데, 눈 밑 눈물주머니에 여러 겹 주름이 잡힌 나이든 신사가 다시 말하기 시작했다. 낮은 목소리로 또 그 이야기를 했다.

"허공에 그들이 있소. 밤에, 그래, 밤에 그들이 있소. 그래서 잠을 못 자는 거요, 바로 그 때문에. 그건 그들이 내는 소리요. 내 말을 믿으시오. 틀림없이 그들이 내는 소리요."

나이 든 신사가 몸을 앞으로 쑥 구부렸다. 눈 밑 주름이 가볍게 떨리더니, 유난히 희멀건 집게손가락이 맞은편에 앉은 노부인의 평평한 젖가슴을 가리켰다. 그녀는 콧구멍으로 요란하게 숨을 들이마시며, 깜짝 놀라 그 희멀건 집게손가락을 노려보았다. 그녀는 계속 큰 소리를 내며 숨을 들이마셨다. 그럴 수밖에 없는 것이, 그녀는 폐에까지 다다른 것같이 한없이 깊은, 아주 지독한 동짓달 코감기에 걸렸기 때문이다. 그럼에도 불구하고 그의 손가락은 그녀를 놀라게 했다. 다른 쪽 구석에 앉은 젊은 여자들이 낄낄거렸다. 그러나 그들은 마치 화제가 한밤의 정사에 대한 것이기라도 한 양 서로의 얼굴을 쳐다보지 못했다. 그들은 밤에 소리가 난다는 것을 이미 알고 있었다. 그것도 아주 잘 알고 있었다. 그러나 그들은 서로 부끄러워서 낄낄거렸다. 차장은 안개가 서린 유리창에 커다랗게 찡그린 얼굴들을 그렸다. 그 밖에도 전차 안에는 한 창백한 젊은이가 두 눈을 감고 앉아 있었다. 그는 희미한 등불 아래 몹시 창백한 얼굴로 앉아 있었다. 마치 잠이 든 것처럼 두 눈을 감고 있었다. 전차는 안개 낀 쓸쓸한 오후를 헤엄치듯 노랗게 달렸다. 차장은 유리창에 찡그린 얼굴을 하나 그리면서, 눈 밑 주름이 가볍게 떨리는 나이 든 신사에게 말했다.

"아무렴요, 소리가 들리고말고요. 갖가지 소리가 다 들리죠. 더구나 밤이면 특히 더하죠."

두 처녀가 남몰래 부끄러워하며 신경질적으로 낄낄거렸다. 그리고 한 처녀는 생각했다. 밤에, 밤에 특히 그렇지.

눈 밑 주름이 떨리는 신사는 희멀건 손가락을 코감기에 걸린 노부인의 가슴에서 떼어 이번에는 차장을 가리켰다.

"들어봐요." 그가 속삭였다. "내 말을, 내가 하는 말을 들어보시오! 목소리가 들려요. 허공에, 밤에. 그리고 이보시오 들—"

그는 다시 집게손가락을 차장에게서 떼어 위를 향해 똑바로 가리키며 속삭였다.

"여러분은 그게 누군지 아시오? 허공에서 소리를 내는 것이? 밤에 소리를 내는 것이? 정말 그것을 알겠냐고, 응?"

그의 눈 밑 주름이 가볍게 경련을 일으켰다. 전차 안 다른 쪽 끝에 앉은 젊은 남자는 몹시 창백한 얼굴로 잠이 든 듯 두 눈을 감고 있었다.

"죽은 자들이 그러는 거요. 수없이 많은 죽은 자들 말이오."

허공에 떠도는 한밤의 소리

눈 밑 주름의 신사가 속삭였다.

"여러분, 죽은 자들이라고요. 그들은 너무 많아서 밤마다 허공에 밀려든다오. 너무나도 많은 죽은 자들이. 그들은 머물 자리가 없소. 모든 사람의 마음이 다 차버렸기 때문이오. 가장자리까지 가득 차버렸지. 그들은 마음속에만 머물 수 있는데 말이오. 그렇게 어디로 가야 할지 몰라 헤매는 죽은 자들이 너무 많아."

그 오후에 전차 안에 있던 다른 사람들은 숨을 멈추고 있었다. 창백한 젊은 남자만이 잠이 든 듯 두 눈을 감고 깊이 그리고 힘겹게 숨을 쉬고 있었다.

나이 든 신사는 희멀건 손가락으로 손님들을 차례차례 가리켰다. 처녀들, 차장 그리고 노부인을. 그러고는 다시 속삭였다.

"그래서 잠을 못 자는 거요, 그래서. 허공에 죽은 자들이 너무 많이 떠돌아다니거든. 그들은 머물 자리가 없소. 그래서 밤이면 이야기를 하며 들어가 앉을 마음자리를 찾는 거요. 죽은 자들이 밤에 잠을 자지 않으니, 우리가 못 자는 거요. 그들은 너무 많아, 특히 밤에는. 밤에 사방이 고요해지면 그들은 이야기를 하지. 다른 모든 것이 떠나가는 밤이 되면 그들이 나타난다오. 밤에 그들은 소리를 내고, 그 때문에 도무지 잠을 이룰 수가 없다오."

코감기에 걸린 노부인은 삐익 소리를 내며 숨을 깊이 들이마시고는 속삭이며 말하는 나이 든 신사의 떨리는 눈 밑 주름을 상기된 표정으로 노려보았다. 그러나 처녀들은 낄낄거렸다. 그들은 밤에 들리는 다른 소리를, 그러니까 남자의 뜨거운 손길처럼 벌거벗은 살갗에 닿는 살아 있는 소리, 특히 밤이면 침대 속으로 밀쳐드는 나지막하고도 거친 소리를 알고 있었다. 그들은 낄낄거리며 서로 부끄러워했다. 그리고 자기 옆의 여자도 밤에, 꿈속에서 그 소리를 듣는 줄은 서로 모르고 있었다.

차장은 축축하게 안개가 낀 유리창에 커다랗게 찡그린 얼굴들을 그리면서 말했다.

"그래요, 죽은 자들이 나타납니다. 그들은 허공에서 이야기를 하지요. 밤에, 그렇습니다. 분명해요. 목소리가 들리지요. 그들은 밤에 허공에, 침대 위에 걸려 있어요. 그 때문에 잠을 잘 수가 없어요. 그건 분명해요."

노부인이 코를 들이마시고는 고개를 끄덕였다.

"죽은 자들, 그래요, 죽은 자들, 그들이 내는 소리예요. 침대 위에. 오, 그래요, 언제나 침대 위에 있어요."

그리고 처녀들은 낯선 남자의 손길이 살갗에 와 닿는 것을 남몰래 상상하며 이 잿빛 오후의 전차 안에서 얼굴을 붉혔다. 그러나 젊은 남자는 창백한 얼굴로 잠이 든 듯 한구석에 몹시 외롭게 눈을 감고 앉아 있었다. 그때 눈 밑 주름의 신사가 희멀건 손가락으로 창백한 젊은이가 앉아 있는 어두운 구석을 가리키며 속삭였다.

"그래, 젊은 놈들! 그놈들은 잠을 잘 수 있지. 오후에나. 밤에나. 11월에도. 언제나 말이야. 그놈들은 죽은 자들 소리를 듣지 않으니까. 젊은 놈들, 그놈들은 그 은밀한 소리들을 잠에 취해 흘려버린다오. 우리 늙은이들만 속 깊은 귀를 가지고 있소. 젊은 놈들은 밤의 소리를 알아들을 귀가 없어. 그 놈들은 잠을 잘 수가 있어."

그의 집게손가락이 멀리서 창백한 젊은 남자를 경멸하듯 가리켰고, 다른 사람들은 상기된 얼굴로 숨을 쉬고 있었다. 그때 그가, 창백한 젊은 남자가 눈을 뜨더니 갑자기 일어서서 나이 든 신사에게 비틀거리며 다가왔다. 깜짝 놀란 집게손가락이 손바닥 안으로 오므라들고, 눈 밑 주름의 떨림도 한동안 멈추었다. 창백한 젊은 남자는 나이 든 신사의 얼굴을 향해 손을 내밀며 말했다.

"오, 제발 그 꽁초를 버리지 마세요. 저한테 주세요. 전 몸이 안 좋아요. 말하자면 배가 좀 고픕니다. 담배를 제게 주세요. 그래 주시면 좋겠어요. 전 몸이 몹시 안 좋답니다."

그때 눈 밑 주름이 젖어들면서 서글프게, 희미하게, 깜짝 놀라 떨리기 시작했다. 나이 든 신사가 말했다.

"그래, 자네는 몹시 창백하구먼. 몹시 아파 보이는데. 외투가 없소? 지금 11월이오."

"네, 압니다. 저도 압니다."

창백한 남자가 말했다.

"어머니는 아침마다 제게 11월이 되거든 외투를 입으라고 말씀하셨죠. 네, 압니다. 그렇지만 어머니가 돌아가신 지벌써 3년이 됐는걸요. 어머니는 제게 이제 외투가 없다는 걸 아실 리가 없죠. 아침마다 어머니는 얘야, 벌써 11월이다, 하고 말씀하시지만 외투 같은 건 아실 리가 없죠. 돌아가셨으니까요."

젊은 남자는 불을 붙인 담배를 받아 들고 비틀거리며 전차에서 내렸다. 바깥은 안개가 끼었고 오후였고 11월이었다. 몹시 창백한 젊은 남자가 담배를 피워 물고 이 쓸쓸한 늦은 오후 속으로 걸어 들어갔다. 그는 배가 고팠다. 그는 외투가 없었다. 그의 어머니는 죽었고, 때는 11월이었다. 그리고 전차 안에는 다른 사람들이 숨을 멈추고 앉아 있었다. 희미하고 서글프게 눈 밑 주름이 떨렸다. 그리고 차장은 유리창에 커다랗게 찡그린 얼굴들을 그렸다. 커다랗게 찡그린 얼굴들을.

까마귀도 밤이면 집을 찾는데……

그들은 돌처럼 차디찬 다리 난간 위에, 보랏빛 악취를 풍기는 배수로를 따라 놓인 얼음장 같은 철제 난간 위에 웅크리고 앉아 있다. 그들은 닳아서 움푹 팬 지하 창고 계단 위에 웅크리고 있다. 은박지와 가을 낙엽이 흩어진 길가에, 공원의 음산한 벤치 위에 웅크리고 있다. 그들은 문 없는 집들 외벽에 기대어 축 늘어진 채 웅크리고 앉아 있고, 먼 동경에 찬 부두의 방파제와 방풍벽 위에 웅크리고 앉아 있다.

그들은 까마귀 얼굴을 하고 어두운 잿빛 비탄에 젖어 쉰 목소리로 까욱거리며 외롭게 웅크리고 있다. 그들은 웅크리고 있고, 온갖 버림받은 모습들이 너덜너덜하게 쥐어뜯긴 엉킨 깃털처럼 그들에게 드리워져 있다. 마음에게 버림받고, 여자에게 버림받고, 별에게 버림받은 것들이.

그들은 대로를 피해 건물 그림자의 희미한 안개 속에서 타르처럼 시커먼 얼굴로 포장도로를 걷느라 지쳐 웅크리고 앉아 있다. 그들은 온 누리에 찾아온 오후의 때 이른 안개 속에서 얇게 닳은 밑창으로 잿빛 먼지를 뒤집어쓴 채, 시간을 지체하며 단조로이 꿈속에 빠져 웅크리고 있다. 그들은 바닥없는 심연 위에, 심연에 옭혀들어, 굶주림과 향수에 지친 잠에 빠져 흔들거리며 웅크리고 앉아 있다.

까마귀 얼굴을 하고(어찌 다른 얼굴일 수 있겠는가?) 그들은 웅크리고 있다. 웅크리고, 웅크리고, 웅크리고만 있다. 누가? 까마귀들이? 아마 까마귀들도 그렇겠지. 그러나 무엇보다도 사람이, 사람들이.

6시가 되자 태양은 안개와 연기가 뭉친 대도시의 구름을 붉은 황금빛으로 물들인다. 그리고 집들은 온화한 초저녁 햇살에 벨벳처럼 푸른빛을 띠며 한결 부드러워진 모서리를 드러낸다.

그러나 까마귀 얼굴을 한 이들은 하얀 얼굴빛으로 창백하게 얼어서, 아무 대책도 없고 빠져나갈 길도 없는 인간의 숙명 속에서 얼룩덜룩 누더기 같은 웃옷에 깊이 기어든 채 웅크리고 있다.

한 친구는 어제부터 줄곧 부두에 웅크리고 앉아 항구 냄새를 가득 들이마시며 부서진 방파제의 돌조각을 물속에 던지고 있었다. 그의 두 눈썹은 맥없이, 그러나 의미를 알 수 없는 유쾌함을 보이며 소파에 달린 술 장식처럼 이마에 드리워져 있었다. 그때 한 젊은이가 두 팔을 바지 주머니에 팔꿈치까지 깊숙이 찔러 넣고 재킷 칼라를 야윈 목둘레에 높이 세우고서 다가왔다. 나이 든 남자는 고개를 들지 않고 옆에 멈춰 선 단화 한 켤레의 처량한 구두코를 건성 쳐다보았다. 수면 위로 물결에 일그러져 만화와도 같은 남자의 슬픈 형상이 높이 일렁이고 있었다. 그래서 그는 팀이 다시 돌아온 것을 알았다.

그래, 팀, 다시 돌아왔군. 벌써 끝났어? 그가 말했다.

팀은 아무 말도 하지 않았다. 그는 방파제 위에 나이 든 남자와 나란히 웅크리고 앉아 긴 두 손으로 목을 감싸고 있었다. 그는 추웠다.

그녀의 침대는 아마 별로 넓지 않았겠지, 어때? 한참 뒤에 나이 든 남자가 천천히 말을 꺼냈다.

침대, 침대라뇨! 난 그녀를 사랑한단 말이에요. 팀이 화내며 말했다.

물론 자넨 그녀를 사랑하지. 그렇지만 오늘 저녁에도 그녀는 자네를 문 앞에 세워두지 않았나. 잠자리는 고사하고 말이지. 팀, 분명히 말하지만 자네는 그다지 말쑥하지가 않아. 그렇게 밤에 찾아가려면 말쑥해야 하거든. 사랑만으로 늘 통하는 건 아니야. 자, 어쨌든 자넨 그런 잠자리에는 익숙하질 못하니, 차라리 여기 그냥 있게. 그래도 그녀를 여전히 사랑하나?

팀은 긴 두 손으로 목을 문지르고는 재킷 칼라 속으로 깊이 파고들었다. 돈을 원해요, 그녀는. 아니면 실크 양말이라도. 그거라면 그녀 집에서 잘 수 있었을 텐데. 그가 한참 만에 말했다.

오, 그럼 자네는 아직도 그녀를 사랑하는군그래. 하지만 돈이 없어서야! 나이 든 남자가 말했다.

팀은 그녀를 아직도 사랑한다고는 말하지 않았다. 그러나 잠시 후 그는 좀더 낮은 목소리로 말했다. 그녀에게 목도리를 벗어줬어요. 그 빨간 목도리 말이에요. 정말이지 달리 줄 것이라곤 아무것도 없었으니까. 그런데 한 시간 뒤에 갑자기 그녀는 시간이 없다는 거예요.

그 빨간 목도리를? 다른 남자가 말했다. 오, 이 친구, 그녀를 사랑하고 있군. 대단한 사랑이야! 그는 속으로 생각했다. 그는 다시 한번 반복해서 말했다. 아니, 자네의 그 고운 빨간 목도리를! 그런데도 자네는 다시 여기 와 있고, 이제 곧 밤이 된단 말이지.

그래요, 다시 밤이 되겠죠. 그런데 목도리가 없으니 목이 몹시 시리군요. 지독하게 시려요. 팀이 말했다.

그러고 나서 두 사람은 눈앞의 바다를 바라보았고 그들의 다리는 방파제 위에 처량하게 걸쳐 있었다. 기선 한 척이 흰 증기를 내뿜으며 고동 소리와 함께 지나가자 큰 파도가 출렁거리며 몰려왔다. 그러고는 다시 조용해지고, 도시만이 하늘과 대지 사이에서 단조로운 소리로 일렁이고, 두 남자는 오후에 까마귀 얼굴을 하고 검푸른 슬픔에 젖어 웅크리고 앉아 있었다. 한 시간 뒤에 빨간 종이 한 조각이, 흥겨워하는 빨간 종잇장이 희뿌연 납빛 파도에 실려 흔들거리며 지나가자, 팀이 다른 남자에게 말했다. 난 정말 아무것도 가진 게 없었어요, 그 목도리밖에는.

그러자 다른 남자가 대답했다. 아주 고운 빨간색이었어, 안 그런가, 팀? 젊은 친구야, 그건 정말 고운 빨간색이었어.

네, 네, 정말 그랬죠. 그런데 이젠 목이 지독히도 시리군요. 팀이 낙담해서 웅얼거렸다.

어쨌든 이 친구는 그녀가 좋아서 한 시간이나 그녀와 함께 있었지. 그러고는 이제 그 대가로 목이 시린 것은 그렇게도 싫단 말이군. 다른 남자가 속으로 생각했다. 그는 하품을 하며 말했다. 그런데도 잠잘 곳을 얻지 못하고 말이지.

릴로라는 여자예요. 실크 양말을 무척 좋아하는데, 도대체 내게 그런 게 있어야죠. 팀이 말했다.

릴로라고? 다른 남자가 깜짝 놀라며 말했다. 거짓말 말게. 그녀는 절대 릴로가 아닐세, 이 친구야.

틀림없이 그녀는 릴로예요. 팀이 골난 표정으로 대답했다. 내가 릴로라는 여자를 알면 안 된다고 생각하세요? 난 그녀를 정말 사랑한단 말이에요.

팀은 화가 나서 친구와 떨어져 앉아 무릎을 턱까지 끌어당겼다. 그리고 기다란 두 손으로 여윈 목을 감쌌다. 때 이른 어둠의 그물이 낮 시간 위로 드리우자 마지막 햇살이 방향을 잃은 채 격자창살처럼 군데군데 하늘에 비쳤다. 두 남자는 다가오는 밤의 불안을 의식하며 외롭게 웅크리고 앉아 있고 도시는 유혹에 차서 거대하게 웅웅거렸다. 도시는 돈이나 실크 양말을 원하고 있었다. 그리고 침대들은 말쑥한 밤의 방문객을 원하고 있었다.

이보게, 팀. 다른 남자가 말을 꺼내다 말고 다시 입을 다물었다.

왜요? 팀이 물었다.

이봐, 그녀가 정말 릴로야?

물론 릴로예요. 팀이 친구에게 소리를 질렀다. 그녀는 릴로가 틀림없어요. 게다가 뭐가 좀 생기면 그때 다시 찾아오라고 했는걸요.

어이, 팀. 나이 든 친구는 팀을 불러놓고는 한참 후에야 다시 말을 이었다. 그녀가 정말 릴로라면 자네는 그 빨간 목도리를 줄 수밖에 없었겠군. 그녀가 릴로라면 그 빨간 목도리를 받을 만하다고 생각하네. 하룻밤 잠잘 곳이야 허사가 되었더라도 말이야. 그만둬, 팀. 그녀가 정말 릴로라면 목도리 같은 건 내버려 둬.

두 남자는 두려움 없이, 그러나 의기소침해서, 무덤덤하게 점점 짙어가는 저녁노을을 마주하며 안개 낀 물 위를 멀리 내다보았다. 방파제, 성문 앞 거리, 갈 곳 없는 신세, 얇게 닳은 밑창과 빈 호주머니에도 만족한 채. 그렇게 아무 대책도 없이 단조롭게 시간을 보내고 있었다.

어디선가 바람에 불려 왔는지, 갑자기 까마귀들이 수평선 위로 불쑥 솟아올라 밤의 예감에 가득 찬 검은 깃을 저었다. 까마귀들은 얇고 투명한 종잇장같이 순결한 저녁 하늘 위를 잉크 자국처럼 비틀거리며 날면서 삶에 지쳐 쉰 목소리로 까옥거리다가는 어느새 노을 속으로 빨려 들어갔다.

그들은, 팀과 다른 남자는, 까마귀 얼굴을 하고 검푸른 슬픔에 싸여 까마귀들을 바라보았다. 바닷물은 역겹고 강렬한 냄새를 풍기고 있었다. 주사위들을 거칠게 쌓아올린 듯한 도시의 수많은 창문이 바로 눈이 되어 수천 개의 등불로 명멸하기 시작했다. 그들은 까마귀떼를 바라보았다. 이미 오래전에 사라진 까마귀떼를 가난하고 늙은 얼굴로 바라보다가 이제 스무 살이 된, 릴로를 사랑하는 팀이 말했다. 그래, 까마귀들아, 너희들은 행복하구나.

다른 남자는 하늘에서 시선을 옮겨, 희미한 어둠 속에서 창백하게 얼어 있는 팀의 넓적한 얼굴을 빤히 들여다보았다. 팀의 얇은 입술은 넓적한 얼굴에 슬픈 선을 그리고 있었다. 스무 살 나이에 일찌감치 겪은 온갖 고생으로 굶주리고 얄팍한 그런 외로운 입술이었다.

까마귀들은, 하고 팀의 넓적한 얼굴이, 20년의 어슴푸레한 세월로 점철된 그 얼굴이 나지막하게 말했다. 까마귀들은 행복하구나, 하고 팀의 얼굴이 말했다. 그들은 밤이면 집을 찾아가니까. 그냥 집으로 가면 되니까.

두 남자는 세상에서 갈 곳을 잃은 채 새로운 밤을 맞아 작아지고 풀이 죽어, 그러나 밤의 무시무시한 어둠에 익숙해져 두려움을 모르고 웅크리고 있었다. 도시는 부드럽고 따스한 커튼들을 통해, 적막한 포장도로가 있고 소음이 사라져버린 밤거리를 잠에 겨운 수백만 개의 눈으로 희미하게 비추고 있다. 거기에 그들은 지쳐 삭아버린 말뚝처럼 바닥 없는 심연 가장자리에 단단히 기대어 웅크리고 있고 스무살의 팀은 까마귀들은 행복하다고, 까마귀들은 밤이면 집을 찾아간다고 말했다. 다른 남자는 어리숙하게 까마귀야, 이봐, 팀, 그냥 까마귀, 하며 건성 중얼거리고 있었다.

거기 그렇게 그들은 웅크리고 있었다. 유혹적이고도 비루한 삶에 맥이 풀려 늘어져서. 부두와 돌길 귀퉁이에 반쯤 누운 듯 웅크리고 있었다. 방파제와 움푹 팬 지하 창고 계단에, 교각과 부교 위에, 잿빛 먼지 쌓인 거리 인생의 나뒹구는 낙엽과 은박지 사이에 반쯤 누운 듯 웅크리고 있었다. 까마귀들이? 아니, 인간들이! 내 말 들리는가? 인간들 말이다! 그리고 그중 한 사람은 팀이라고 불렸고 그는 빨간 목도리를 주고 릴로를 사랑했다. 그런데 지금, 지금 그는 그녀를 잊을 수가 없다. 그리고 까마귀들은, 까마귀들은 까옥거리며 제 집을 찾아간다. 그들의 까옥 소리가 적막하게 저녁 하늘에 머물러 있다.

그러나 다음 순간, 배 한 척이 거품을 물고 털털거리며 지나가고 배의 반짝이는 빨간 불빛이 항구의 칙칙한 안개 속을 덜덜 떨며 흩어져간다. 순간 안개가 붉은빛을 띤다. 내 목도리처럼 빨갛다고 팀은 생각했다. 배는 끝없이 멀리 털털거리며 사라졌다. 팀이 나지막이 속삭였다. 릴로. 그리고 연달아 불렀다.

릴로 릴로 릴로 릴로 릴로⋯⋯

지붕 위의 대화
── 베른하르트 마이어-마르비츠를 위하여

저 밖에 도시가 있다. 거리에는 가로등이 서서 감시하고 있다. 아무 일도 일어나지 않도록. 거리에는 보리수와 쓰레기통과 여자들이 있다. 그들의 냄새는 밤의 냄새다. 지독하고 씁쓸하고 달콤하다. 가느다란 연기가 반짝이는 지붕들 위에 가파르게 떠 있다. 쏴아 쏟아지던 비가 그치고 자취를 감추었다. 그러나 지붕들은 아직 빗물에 반짝이고, 검게 젖은 기와 위로 별들이 하얗게 떠 있다. 이따금 발정한 고양이의 울음소리가 달까지 치솟아 오른다. 아니면 인간이 흐느끼는 소리일지도. 교외의 공원과 유원지에는 빈혈에 걸린 듯 창백한 안개가 피어올라 거리를 맴돌아 몰려든다. 기관차 한 대가 향수에 찬 비명을 수많은 잠든 이들의 꿈속 깊이 흐느끼듯 울려 보낸다. 끝없는 창들이 거기 있다. 이 끝없는 창들이 밤에 놓여 있다. 그리고 비가 달아나버린 뒤부터 지붕들이 반짝거리고 있다.

저 밖에 도시가 있다. 도시 안에 집이 한 채 서 있다. 잿빛 석조 건물이 다른 집들처럼 소리 없이 서 있다. 그 집에는 방

이 하나 있다. 다른 방들처럼 비좁고 회칠을 한 우연한 방이
다. 그리고 방 안에는 두 남자가 있다. 한 남자는 금발이고
그의 숨결은 부드럽고, 생명도 숨결처럼 잔잔하게 그의 몸
안팎을 들락날락한다. 그의 두 다리는 나무토막처럼 무겁게
양탄자 위에 늘어져 있고, 그가 앉아 있는 의자는 이음매에
서 남몰래 삐걱거리는 소리가 난다. 이것이 방 안 깊숙이 있
는 그의 모습이다. 다른 한 남자는 창가에 서 있다. 야위고
키가 크고 구부정하며 어깨가 기울어 있다. 그의 귀 가장자
리의 관자놀이 뼈가 희뿌연 잿빛 가루처럼 방 안에 떠 있다.
정원에 있는 전등 불빛이 그의 눈에서 겁먹은 듯 깜박이고
있다. 그러나 정원은 바깥에 있고 전등은 아주 희미하다. 한
가닥 숨결이 창문 앞에서 톱질 소리처럼 그르렁그르렁댄다.
이 숨결에서 나오는 흐릿하고 따스한 입김에 이따금 창유리
가 덜커덩거린다. 창가에서는 마치 살인마가 경악하고, 숨
가쁘고, 허둥대고, 극에 달해 흥분해서 내지르는 것 같은 소
리가 들려온다.

"너 그걸 모르겠어? 우리가 속수무책으로 내맡겨져 있다
는 걸 모르겠어? 저 아득한 것, 이루 말할 수 없는 불확실한
어둠에 내맡겨져 있다는 걸? 넌 우리가 그런 웃음에, 슬픔과
눈물에, 울부짖음에 내맡겨져 있다는 걸 느끼지 못하겠어?
이봐, 우리 안에서조차 우리 자신에 대한 웃음이 터져 나온
다는 것은 끔찍한 일이 아닐 수 없어. 우리가 아버지와 친구,

아내의 무덤 앞에 서 있는데 그 웃음이 나온다면 말이야. 고통을 엿보는 이 세상의 웃음, 애통해할 때 우리 안에서 슬픔을 누르고 터져 나오는 웃음. 그 웃음에 우리는 내맡겨졌어.

오, 이봐, 정말 끔찍해. 슬픔이 우리를 엄습해 자식들의 요람 앞에 서 있는데 눈물이 찢긴 눈 틈새로 스며 나온다면 얼마나 끔찍한 일이냐. 신부의 침대 맡에 서 있는데 슬픔이, 검은 삼베옷을 입은 유령처럼 우리 마음속에 차갑고 쓸쓸하게 기어오른다면, 우리가 웃는 순간에도 마음속에서 그런 슬픔이 고개를 쳐든다면 얼마나 끔찍하겠어. 우리는 그런 슬픔에 내맡겨졌어.

너 그걸 모르겠어? 이 세상에 번지는 울부짖음이 얼마나 끔찍한지 모르겠어? 잔뜩 겁에 질려 이 세상에 울려 퍼지는, 네 마음속에서 치밀어 올라 포효하는 저 울부짖음 말이야. 밤의 적막 속에서, 사랑의 정적 속에서, 말없는 고독 속에서 울부짖는 소리. 그 울부짖음은 바로 조소라고 불린다! 신神! 삶! 공포라고도 불리지. 이제 우리는 우리 몸속을 흐르는 모든 피와 함께 그 울부짖음에 내맡겨졌어.

우리는 웃고 있지. 그래도 우리의 죽음은 처음부터 계획되어 있어.

우리는 웃고 있지. 그래도 우리의 파멸은 피할 길이 없어.

우리는 웃고 있지. 그래도 우리의 몰락은 눈앞에 닥쳤어.

오늘 저녁이든. 모레든.

9천 년이 지나도. 언제나.

우리는 웃고 있지만 우리 삶은 우연에 내던져지고, 속수무책으로 내맡겨지고, 피할 길이 없어. 그 우연한 일에 말이야. 알겠니? 이 세상에서 무슨 일이 일어나든, 그것이 네게 닥쳐서 너를 짓누를 수도, 일으켜 세울 수도 있어. 우연한 사건이란 우연히 일어나거든. 우리는 그런 우연에 내맡겨지고, 그 앞에 먹잇감으로 내던져진 거야.

그런데도 우리는 웃고 있어. 그 곁에 서서 웃고 있다고. 그리하여 우리의 삶과 우리의 사랑과 우리의 삶과 사랑이 빚어낸 고뇌 — 이것들은 파도와 바람처럼 불확실하고 우연한 것이야. 제멋대로. 알겠니? 알겠냐고!"

그러나 다른 남자는 말이 없다. 창가에 선 남자가 다시 목쉰 소리로 말한다.

"그래서 결국 우리는 이 도시에, 외롭기 짝이 없는 이 숲속 깊은 곳에, 한없이 짓누르는 이 돌무더기에, 우리에게 말한마디 건네는 이 없고, 귀 기울여 듣는 이 없고, 눈 마주치는 사람도 없는 이 도시에 깊이 묻혀 있어. 얼굴 없는 얼굴들이, 이름 없이, 수도 없이 제멋대로 우리 곁을 스쳐 지나가는 이 도시에. 관심도 없이, 무정하게, 머물 곳도 없고, 시작도 없고, 항구도 없이. 해파리들이야. 시간의 흐름에 떠도는 해파리들. 심해에서 떠올라 흔적도 없이 다시 이 세상 물속 깊이 가라앉는 초록색, 회색, 노란색, 흐릿한 회색의 해파리들.

해파리들, 얼굴들, 인간들.

고향도 없는 이곳, 나무도 새도 물고기도 없는 이 도시에서 고립되고, 길을 잃고, 몰락해가지. 담벼락의 바다에, 모르타르와 먼지와 시멘트의 바다에 내맡겨져 길을 잃었어. 계단과 양탄자와 탑과 문 앞에 내동댕이쳐졌어. 우리는 치유할 수 없고 불행으로 가득한 우리의 사랑과 더불어 이 도시에 팔려 온 거야. 외로운 숲과 같은 도시에서, 벽과 건물과 철과 콘크리트와 가로등으로 이루어진 이 숲에서 길을 잃었어. 어디서 왔는지 어디로 갈지도 모르고 이 세상에서 길을 잃었어. 아무 대답 없는 외로운 밤거리에 내맡겨졌어. 수백만 목소리로 포효하는 수백만 개의 얼굴을 지닌 나날에, 우리의 저항할 길 없는 연약한 마음 한 조각에 내맡겨졌어. 우리의 무분별한 용기와 하찮은 이해력에 내맡겨졌어. 우리의 심장 박동이, 코와 눈과 귀가 포장도로와 돌과 타르와 수문과 부교와 운하에 묶여 있어. 달아나려는 목표도 없이, 지붕 아래에서 억눌린 채, 지하실과 천장과 방에 내맡겨진 거야. 이봐, 알아듣겠어? 그게 바로 우리고, 우리 처지라고. 그래, 너는 내일까지, 크리스마스까지, 3월까지 이런 처지를 견딜 수 있을 거라 생각하니?"

살인마의 양철 두드리는 듯한 소리가 어두워진 방 안 깊숙이 울려든다. 그러나 금발은 태연자약하게 숨을 쉬며 입술이 달라붙은 듯 대꾸할 줄 모른다. 그러자 창가의 남자는 무자비하게, 고통에 차서, 참을 수 없는 일을 강요받기라도 한 듯 늦은 저녁의 정적 속에 목소리를 계속 뱉어낸다.

"우리는 그것을 참아내지. 어떻게 생각해, 어떻게 생각하느냐고? 우리는 그걸 견디고 있어. 웃으면서. 우리 마음속과 주변에 있는 야수들에게 내맡겨진 채 웃고 있다고. 오, 그리고 우리는 여자들에게, 우리 여자들에게 빠져버린걸. 립스틱 바른 입술과 속눈썹, 목덜미, 그 체취에 빠져버렸지. 그녀들의 사랑놀음에 정신을 잃고 그녀들의 애정의 마력에 빠져 침몰해서도 우리는 미소 짓고 있어. 그런데 이별은 추위에 떨면서 히죽거리며 문고리 위에 도사리고 있고 시계 속에서 똑딱거리지. 우리는 마치 영원이라도 약속받은 양 미소 짓고 있으나 이별이, 모든 이별이 이미 우리 안에서 기다리고 있어. 우리는 온갖 죽음을 우리 안에 지니고 다녀. 척수에, 폐에, 심장에, 간과 핏속에도. 어느 곳에나 죽음을 안고 다니면서도 우리는 한순간 애무의 격정 속에서 우리를, 우리의 죽음을 잊어버리지. 아니면 손길이 그다지도 가녀리고 살결이 고와서인지도 몰라. 하지만 죽음, 죽음, 죽음은 우리의 신음 소리와 더듬거리는 말소리를 들으며 웃고 있어!"

창가의 남자는 광분한 숨결로 방 안의 공기를 몽땅 들이마셔 삼켜버리고는 뜨겁고 거친 말을 다시 쏟아냈다. 방 안에 한 모금의 공기도 남지 않게 되자 그는 창문을 활짝 열어젖힌다. 밤벌레들의 굳은 등딱지가 흥분해 창유리에 부딪혀

후드득거리며 소리를 낸다. 무언가가 낮은 소리로 끽끽거리며 지나간다. 큰 소리로 웃어대던 여자가 웃음을 억지로 참으며 킥킥거리는 것처럼 새된 소리도 슬며시 들려온다.

"오리로군." 방 안의 남자가 부드럽고 낭랑한 목소리로 말한다. 그리고 그의 말이 곧바로 이어지지 않자, 창가의 남자가 다시 말을 쏟아낸다.

"오리들이 낄낄거리는 소리를 들었어? 모두가 우리를 비웃고 있어. 오리들, 여자들, 삐걱거리는 문들이, 도처에 비웃음이 도사리고 있어. 오, 세상에 이런 비웃음이 있다니! 그리고 또 슬픔이 있고, 우연이라는 신이 있어. 울부짖음이, 있는 대로 아가리를 벌리고 으르렁대는 울부짖음이 있어! 그런데 우리는 용기가 있어. 그래서 살아가지. 그런데 우리는 용기가 있어. 그래서 계획을 세우지. 그래서 웃고 사랑하지. 우리는 살아간단 말이야! 우리는 살고 있어, 죽음을 모른 채. 우리의 죽음은 처음부터 결정되어 있어. 정해진 일이야. 애초부터. 그러나 우리는, 우리 죽음을 지니고 다니는 자들은 용감하지. 우리는 아이를 낳고 여행을 하고 잠을 자지. 지나간 시간은 한순간도 돌이킬 수 없어. 다가올 시간은 한순간도 내다볼 수 없어. 그러나 우리 용감한 자들은, 이미 파멸이 정해진 우리는 헤엄치고 비행기로 날아다니고 거리와 다리를 건너다니지. 배의 갑판 위에서 흔들거리지. 그러나 우리의 파멸이 — 알겠니? 우리의 파멸이 난간 뒤에서 히죽

거리고 자동차 아래에 숨어 우리를 노리는가 하면, 교각에
서 삐거덕거리고 있어. 우리의 파멸은 피할 길이 없어.

그래도 우리, 두 다리를 가진 사람들, 우리 인간이라는 동
물은 약간의 붉은 체액과 약간의 체온과 뼈와 살과 근육을
가지고서 그것을 참아내지. 우리의 사멸은 정해진 일이고
매수가 불가능해. 그런데도 우리는 씨를 뿌려. 우리의 파멸
은 통고되고 취소할 길이 없어. 그런데도 우리는 집을 짓지.
우리의 소멸과 해체와 무無는 확실하고 기록되어 있으며 지
울 수 없는 것이야. 더 이상 이곳에 있지 않으리라는 우리의
운명이 바로 눈앞에 있어. 그런데도 우리는 존재하지. 여전
히 존재하고 있어. 우리는 도무지 이해할 수 없는 용기를 가
지고 있어. 우리는 존재하고 있어.

그리고 우리 머리 위에는 우연이라는 도무지 종잡을 수
없이 제멋대로인 신이 있지. 무자비하고 폭력적인 이 우연
이란 놈은 잔뜩 술에 취해 세상의 지붕 위에서 아슬아슬하
게 균형을 잡고 있어. 그리고 지붕 아래에는 도무지 이해할
수 없는 믿음을 가진, 무사태평한 우리가 살고 있어.

몇 그램의 뇌가 작동을 거부하고 몇 그램의 척수가 폭동
을 일으켜도 우리는 당장 불구가 돼. 우리는 우둔해지지. 뻣
뻣해지지. 비참해지지. 그러나 우리는 웃지.

심장 박동이 몇 번만 뛰는 걸 멈추어도 우리는 잠에서
깨는 일도 없고 아침도 없게 되지. 그러나 우리는 잠을 자

지 ─ 확신을 가지고 깊이깊이, 짐승처럼 태연하게.

근육 하나, 신경 하나, 힘줄 하나라도 손상되면 우리는 무너지고 말아. 심연 깊이, 끝없이. 그러나 우리는 차를 타고 비행기로 날아다니고 배의 갑판 위에서 거드럭대며 흔들거리지.

우리는 그런 존재야, 자네, 그건 도대체 뭘까? 우리가 그런 존재일 수 있다는 것, 우리가 그런 존재일 수밖에 없다는 것 말이야. 아무도 우리를 이런 처지에서 벗어나게 해줄 수는 없어. 그것은 해결책도 없고, 이유도 없고, 형태도 없어. 어둠뿐이야. 그런데 우리는? 우리는 존재해. 그럼에도 불구하고 여전히 존재한단 말이야. 오, 이봐, 우리는 여전히 여기 존재한다고. 여전히, 여전히."

방 안의 두 남자가 숨을 쉬고 있다. 한 사람은 부드럽고 조용하게, 창가의 남자는 거칠고 급하게. 저 밖에는 도시가 있다. 달은 푸른 빛깔의 수프에 떠 있는 지저분한 달걀노른자처럼 밤하늘을 헤엄치고 있다. 달은 썩은 것처럼 보이고 틀림없이 악취를 풍기는 것만 같다. 달은 그처럼 병들어 보인다. 그러나 악취는 하수도에서 풍겨오는 것이다. 거칠고 조잡한 주사위 더미같이 어둠 속에 수백만 개의 유리 눈을 가지고 서 있는 집들의 바다에서 풍겨오는 것이다. 그러나 달이 워낙 병들어 보여 거기에서 악취가 풍기는 것만 같다. 그렇지만 달은 너무 멀리 떨어져 있으니 그것은 하수구의 냄새일 것이다. 그래, 하수구들이 바로 주범이다. 거무칙칙한 주택단지, 검푸르게 번쩍거리는 자동차, 양철 같은 노란색 전차, 검게 그을린 빨간 화물열차, 연보라빛 수문 구멍, 습기 찬 녹색의 무덤, 사랑, 공포 ── 이것들이 밤을 악취로 가득 채우고 있다. 비록 달이 저다지도 썩고 병든 모습으로, 곪아 터져서 풀죽같이 흐물흐물하게 과꽃 색깔의 하늘을 헤엄치고 있다 해도, 달이 악취의 원인일 수는 없을 것이다. 과꽃 같은 자줏빛 하늘에 너무 노랗게 떠 있는 달은.

창가의 남자, 목이 쉬고 성급하고 깡마른 남자가 달을 보고, 또 달 아래 도시를 보더니 창밖으로 두 팔을 뻗어 도시를 끌어 잡는다. 그의 목소리가 쇠를 깎는 줄처럼 밤공기를 흔든다.

"그리고 이 도시!" 창문에서 줄 긁는 소리가 들린다. "이 도시. 고무 타이어, 사과 껍질, 종이, 유리, 분가루, 돌, 먼지, 거리, 집들, 항구 ── 이 모든 것이 바로 우리야. 사방천지가 다 우리라고. 위압적이고, 뜨겁고, 차갑고, 흥분되는 도시 ── 이것이 바로 우리 자신이야. 우리, 우리만이 이 도시야. 오직 우리만이, 신도 은총도 없이, 우리가 바로 도시야.

우리는 또 이 도시의 삶을, 우리 내부와 우리 주변의 삶을 견뎌내고 있어. 우리는 항구의 삶을 견뎌내지. 떠나가고 돌아오는 것을 우리 항구 도시 주민들은 견뎌내지. 우리는 도저히 이해할 수 없는 것을, 밤의 나날들을 견뎌내지. 울긋불

긋한 화려함과 죽음의 어둠이 팔짱을 끼고 다니는 이 항구의 밤을. 낡아빠진 실크 속옷들로 가득 찬, 가엾은 여자의 살갗으로 가득 찬 이 도시의 밤을. 우리는 이 외로운 밤, 폭풍우 치는 밤, 열기로 들뜬 밤, 고성방가를 지르며 진을 빼는 회전목마 같은 술추렴의 밤을 견뎌내지. 우리는 글씨가 가득 적힌 종잇장 위에서 그리고 피 흘리는 입술 아래에서 이 광분의 밤을 견뎌내고 있어. 우리는 이 밤들을 견뎌내지. 알아들어? 우리는 그런 밤을 지내고서 살아남은 거야.

그리고 사랑이, 핏빛의 사랑이 그 밤에는 있어. 이 사랑은 때때로 고통을 주지. 그리고 거짓말을 하지, 언제나, 그 사랑은 말이야. 그러나 우리는 우리가 가진 모든 것을 다 바쳐서 사랑을 하지.

고통으로 가득 찬 밤에는, 우리의 술에 젖은 탁자와 꽃이 피어나는 잠자리와 고성방가로 넘쳐 울리는 거리에는, 전율과 공포와 절망과 벗어날 길 없는 막다른 골목이 있어. 그러나 우리는 웃지. 우리는 우리가 할 수 있는 모든 것을 다 바쳐서 살아가고 있어. 우리 존재의 모든 것을 다 바쳐서.

우리 믿음 없는 자들은, 속고 밟히고 어찌할 바를 모르는 체념한 자들은, 그리고 신神과 선善과 사랑에 실망한, 쓴맛을 아는 우리는, 그래 우리는 매일 밤 태양을 기다리지. 거짓을 접할 때마다 다시 진실을 기다리지. 우리는, 밤에 매번 새로운 맹세를 믿어, 우리 밤의 인간들은 말이야. 우리는 3월을 믿어, 11월의 한가운데에서 3월을 믿어. 우리는 우리 자신의 육신을, 이 기계를 믿으며, 이 기계가 아침에 아직은 존재한다는 것을, 아침에 아직은 제 기능을 발휘한다는 것을 믿지. 우리는 눈보라 속에서 열기를 내뿜는 뜨거운 태양을 믿어. 삶을 믿어, 죽음 한가운데에서도 말이야. 이게 바로 우리야. 우리는 환상이 없는 자들이면서도 머릿속에는 불가능한 큰 꿈을 품고 있지.

우리는 신도 머물 곳도 약속도 확신도 없이 내맡겨지고 내던져져서 버림받은 채 살고 있어. 안개 속에서 길을 잃고, 코와 귀와 눈의 물결 속에서 얼굴 없이 서 있어. 한밤에 메아리도 없이, 바람 속에 돛대도 갑판도 없이, 창문도 없이, 출입문도 없이 서 있어. 어둠 속에 달도 별도 없이, 폐결핵에 걸린 것처럼 창백한 가로등에 속아 서 있어. 우리에게는 대답도 긍정의 말도 없어. 맞아줄 고향도 손길도 마음도 없이 암흑에 싸여 있어. 어둠과 안개와 냉혹한 나날에, 문도 없고 창도 없는 암흑에 내맡겨져 있어. 우리는 우리 내부에, 우리 주변에 내맡겨져 있어. 달아날 수도 벗어날 수도 없지. 그런데도 우리는 웃지. 우리는 아침이 올 것을 믿어. 그러나 그 아침을 잘 알지는 못해. 우리는 아침을 신뢰하고 의지하지. 그러나 아무도 그 아침을 우리에게 약속하지 않았어. 우리는 아침을 부르고 애원하고 울부짖지. 그러나 아무도 우리에게 대답해주지 않아."

창가의 키가 크고 구부정한 목쉰 괴물이 유리창을 두드려대며 울부짖는다.

"저기 보아라! 저기! 저기! 저기! 도시다. 가로등이다. 여자다. 달이다. 항구다. 고양이다. 밤이다. 창문을 열어젖히고 밖을 향해 소리 질러라. 소리 지르고 맹세하고 흐느껴 울어라. 너를 괴롭히고 불태우는 모든 것들에 대해 울부짖어라. 대답이 없지. 기도해봐라! ― 대답이 없지. 저주해봐라! ― 대답이 없지. 창밖으로 네 고뇌를 세상에 소리쳐 알려보라. 대답이 없지. 오, 대답이, 대답이 없다고!"

저 밖에 도시가 있다. 저 밖에, 여인 냄새와 쓰레기 냄새가 풍기는 거리에 밤이 있다. 그리고 집이, 방이 있고 남자들이 있는 집이 도시의 거리에 서 있다. 방 안에는 두 남자가 있다. 한 남자가 지금까지 창가에 서서 어슴푸레한 방 안에 있는 친구를 향해 소리를 질렀다. 그는 키가 크고 여윈 모습으로 불타오르고 있다. 유령처럼 쉰 목소리로, 멀리서, 어깨를 기우뚱하고서, 기진맥진하고 황폐해져 몰두해 있다. 그의 관자놀이는 저 바깥 달빛 아래의 지붕들처럼 파르스름하고 습기에 차 번뜩인다. 다른 남자는 방 안 깊숙이 파묻혀 있다. 떡 벌어진 어깨에 금발이며 창백하고 곰 같은 목소리를 지니고 있다. 그는 벽에 기댄 채 창가에 서 있는 괴물 같은 남자가 들이붓는 말의 홍수에 압도되고 있다. 그러나 그의 부드럽고 낭랑한 음성이 창가의 친구를 향해 울린다.

"도대체, 원 세상에, 아무 희망도 없고 깡말라 불꽃도 내지 못하고 타는 가늘고 긴 나뭇가지 같은 너란 녀석은 왜 목이라도 매달아 죽지 않는 거지? 이 쥐새끼 같은 자식아! 성마르고 콧물이나 훌쩍이는 이 쥐새끼야! 닥치는 대로 갉아서 가루로 만들어버리는 이 좀벌레야. 재깍거리며 경고를 울려대는 이 송장벌레야. 구린내나 풍기는 넝마 같은 네 녀석은 석유 속에 처박아둬야 해. 너같이 멍청하고 술독에 빠진 보따리 같은 인간은 목이나 매달아 뒈져라. 너같이 버림받고 고독하고 내버려진 한 줌 인생 따위가 왜 아직 목을 매달지 않은 거지?"

그의 음성은 근심에 차 있고, 온갖 저주에도 불구하고 선량하고 따뜻하다.

그러나 창가의 키 큰 남자가 나무토막같이 거칠고 갈라진 목소리로 벽에 기댄 남자를 질책한다. 거칠고 쩨진 목소리가 벽에 기댄 남자에게 달려들어 그를 비웃고 놀라게 한다.

"목을 매달아? 내가? 내가 목을 매달다니, 원 세상에! 너는 도대체 내가 이 삶을 그럼에도 사랑한다는 걸 모르겠어? 맙소사, 내가 저 가로등에!"

나는 이 찬란하고 뜨겁고 무의미하고 정신 나간, 이해할 수 없는 이 삶을 남김없이 떠 마시고 들이켜고 핥아 맛보고 마지막 한 방울까지 모두 짜낼 거야! 나더러 이걸 포기하라고? 내가? 목을 매달아? 내 목을? 너는 내가 가로등에 목매달아 죽어야 한다는 거야? 내가? 네 말은 그 뜻이지?"

조용히 벽에 기대서 있는 창백한 금발의 남자가 낭랑한 목소리를 창가의 남자에게 굴려 보낸다.

"그런데 이보게, 어이, 이 친구야. 그럼 너는 왜 사는 거지?"

야윈 남자가 목쉰 소리로 이 말에 기침하듯 대답한다.

"왜냐고? 내가 왜 사느냐고? 어쩌면 반항심 때문이겠지? 순전히 반항심에서 말이야. 반항심에서 웃고, 반항심에서 먹고, 반항심에서 자고 다시 일어나지. 오로지 반항심에서. 반항심에서 나는 아이들을 낳아 이 세상에 내놓는 거라고! 나는 거짓으로 여자들의 가슴과 엉덩이에 사랑을 속삭이고 나서 그녀들로 하여금 진실을, 충격적이고 가공할 만한 진실을 느끼게 해주지. 소름끼치고 핏기 없는, 가슴은 처지고 허벅지는 밋밋한, 닳고 닳은 창녀들에게!

배를 만들고, 삽을 들고, 책을 만들고, 기관차를 가열하고, 술 한잔을 들이켜는 이것들이 모두 반항에서다! 반항심에서 그러는 거라고! 그래, 살아간다! 그러나 반항하기 위해서! 체념을 하고 목을 매달아? 내가? 아마 내일이면 그렇게 될지도 모르지. 내일이면 그런 일이 일어날 수도 있어. 아무 때나 그렇게 될 수 있으니까."

흑발의 남자는 이제 십자형 창살 앞에서 만사를 다 아는 것이 아니라, 단지 예측한다는 듯이 아주 풀죽은 목소리로 그르렁거린다. 방 안에 있는 금발이, 둥글둥글하고 안정되고 정신이 말짱한 남자가 묻는다.

"뭐라고? 무슨 일이 일어난다고? 무슨 일이 일어난다는 거야? 누가? 어디서? 아직 아무 일도 없었어. 이봐, 아직 아무 일도 전혀 일어나지 않았다고!"

그러자 다른 남자가 대답한다.

"그래, 아무 일도 없었지. 아무 일도. 우리는 여전히 뼈를 갉아먹고, 나무와 돌로 된 굴속에서 기거하고 있어. 아무 일도 일어나지 않았어. 아무 일도 닥치지 않았어. 난 알아. 그러나 언제든지 일어날 수 있지 않을까? 오늘 저녁에라도? 모레는? 바로 다음 모퉁이에서 벌써 그것이 기다리고 있을 수도 있어. 바로 다음번 잠자리에서도. 다른 한쪽 편에서 말이야. 언젠가는 그 일이, 예기치 못한, 예감하던 크고 새로운 일이 일어날 수밖에는 없으니까. 모험이고 비밀이고 해결인 그 일이. 언젠가는, 어쩌면 답이 나올 거야. 그런데 그걸 나더러 놓쳐버리라고? 아니, 아니야, 결코! 결코, 결코 아니야! 무슨 일인가 일어날 것같이 느껴지지 않아? 그게 뭐냐고 묻지는 마. 그게 느껴지지 않느냐고, 응? 네 안에, 네 밖에 있는 이것을 예감하지 못해? 그렇지만 그것은 닥쳐오고 있어. 그래, 어쩌면 벌써 와 있을지도 몰라. 그 어디엔가. 모르는 사이에. 은밀하게. 어쩌면 우리는 오늘 밤에, 내일 정오에, 다음 주에, 임종의 자리에 누워서야 그것을 알게 될지도 모르지. 아니면 우리가 분별이 없는 건가? 우리 마음속의 비웃음, 우리에 대한 비웃음에 내맡겨진 채? 슬픔과 눈물에, 공포의 울부짖음에, 밤의 울부짖음에 내맡겨졌나? 아마그럴지도? 내동댕이쳐진 거야? 혹시 갈 길을 잃었나? 우리는 대답 없이 살아가고 있는 거야? 우리가, 우리 자신이 그대답일까? 아니면, 자 대답해봐. 말해보라고. 종국에는 결국 우리 자신이 그 대답인 걸까? 우리는 그것을, 그 대답을 죽음과 마찬가지로 우리 안에 지니고 있는 걸까? 애초부터? 우리는 우리 안에 죽음과 대답을 함께 지니고 다니는 걸까, 그래? 그것이 우리에게 대답이 되는지 안 되는지는 우리에게 달려 있는 걸까? 우리는 궁극적으로 우리 자신에게 내맡겨져 있는 걸까? 오로지 우리 자신에게? 말 좀 해봐, 응? 우리 자신이 대답인 걸까? 우리는 우리 자신에게, 우리 자신에 의해 내맡겨져 있는 걸까? 그래? 그런 거냐고!"

구부정하고 가늘고 기다란 두 팔이 달린 이 홀쭉한 남자가, 불처럼 격렬한 괴물이, 흑발의 사내가, 목쉰 소리로 지껄여대는 이 남자가 십자형 창살 옆에 몸을 기댄다. 그러나 금발의 남자는 그의 낭랑하고 당당한 목소리를 배 속 깊이도로 숨겨둔다. 창가에 서서 질문을 퍼붓는 남자는 자기의 물음으로 스스로 대답했다. 두 남자의 숨결이 따스하게 오간다. 그들의 커다랗고 좋은 냄새가, 말과 담배와 가죽과 땀 냄새가 방을 가득 채우고 있다.

저 위 높은 천장에는 석회 반점이 서서히 밝아진다. 저 밖에서는 달과 가로등과 별이 창백하고 희미해진다. 광채도 의미도 없이 흐릿하다.

　그리고 저 밖에 도시가 있다. 우울하고 어둡고 위협하는 몸짓으로. 도시다. 거대하고 무자비하고 선량한 도시다. 말 없고 거만하고 돌로 된 불사의 도시다.

　그리고 저 밖에, 도시 외곽에 서리처럼 순수하고 투명하게 새 아침이 와 있다.

라디

오늘 밤 라디가 내 집에 왔다. 그는 언제나처럼 금발이었고 부드럽고 넓적한 얼굴로 웃고 있었다. 그의 두 눈도 전과 다름없이 다소 겁먹고 다소 불안해 보였다. 금발의 뾰족한 턱수염도 듬성듬성 나 있었다.

모든 것이 전과 다름없었다.

그런데 넌 죽었잖아, 라디. 내가 말했다.

그래. 그가 대답했다. 제발 웃지는 마.

내가 웃기는 왜 웃어?

너희는 늘 나를 비웃었어. 나도 다 알아. 내 걸음걸이가 어쩐지 우습다고, 내가 늘 학교 가는 길에 잘 알지도 못하는 온갖 여자애들 이야기를 떠든다고 말이야. 너희는 그런 나를 늘 비웃었어. 또 내가 늘 겁먹은 표정이었으니까. 나도 다 알아.

너는 벌써 오래전에 죽었지? 내가 물었다.

아니, 천만에. 그가 말했다. 난 겨울에 전사했어. 그들은 나를 땅에 제대로 묻을 수도 없었지. 모든 것이 다 얼어붙었으니까. 모든 것이 다 돌처럼 단단히 말이야.

아, 그래. 너 참 러시아에서 전사했지, 안 그래?

그래, 바로 첫해 겨울에. 이봐, 웃지 마. 러시아에서 죽는 다는 건 멋진 일이 아니야. 내게 그곳은 모든 것이 낯설어. 나무들도 너무 낯설어. 아주 처량해, 알잖아, 대부분 오리나 무들이야. 내가 누워 있는 곳에는 처량한 오리나무들밖에 없어. 그리고 때로는 돌들도 신음 소리를 내지. 돌들도 러시 아의 돌일 수밖에 없으니까. 밤이면 숲이 비명을 질러. 그것 은 러시아의 숲일 수밖에 없으니까. 눈도 비명을 지르지. 그 것 역시 러시아의 눈일 수밖에 없으니까. 그래, 모든 것이 낯 설어. 모든 것이 너무나도 낯설어.

라디는 내 침대 모서리에 걸터앉았고 말이 없었다.

아마 네가 거기에서 죽을 수밖에 없었기 때문에 모든 것 을 그토록 증오하는 것 같아. 내가 말했다.

그렇게 생각하니? 아니야, 그렇지 않아. 그가 나를 바라보 며 말했다. 정말 모든 것이 너무 낯설어. 모든 것이. 그는 자 기 무릎을 내려다보았다. 온갖 것이 너무 낯설어. 자기 자신 조차도.

자기 자신도?

그래. 제발 웃지 마. 정말이야. 정말 자기 자신조차도 말할 수 없이 낯설다고. 이봐, 제발 웃지 마. 사실은 그 때문에 오 늘 밤 너를 찾아온 거야. 나는 그 문제를 너와 상의해보고 싶었어.

나하고?

그래. 제발 웃지 마. 바로 너하고 말이야. 넌 나를 잘 알잖아, 안 그래?

나도 그렇다고 생각이야 해왔지만.

아무래도 괜찮아. 넌 나를 정확히 알고 있으니까. 내 말은, 겉으로 보이는 내 모습을 네가 정확하게 알고 있다는 거야. 내가 어떤 사람인지가 아니라. 내 말은, 겉으로 보이는 내 모습이 어떠냐는 것인데, 어때, 넌 정말 잘 알고 있지, 안 그래?

그래, 너는 금발이고 얼굴이 동그스름해.

아니야, 진정해. 내 얼굴은 부드러워. 나도 잘 알아. 그러니까 —

그래, 네 얼굴은 부드러워. 늘 웃고 넓적하지.

그래, 그렇지. 그럼 내 눈은?

네 눈은 항상 좀, 좀 서글프고 기이한 느낌이었어.

거짓말하지 마. 내 눈은 몹시 겁먹고 불안했어. 그건 내가 여자애들에 대해 떠드는 이야기를 너희 모두가 진짜로 믿는지 알 수 없었기 때문이야. 그다음은? 내 얼굴이 말끔했었니?

아니, 그렇지 않았어. 너는 늘 턱에 뾰족한 금발 수염이 나 있었어. 넌 그게 눈에 띄지 않을 거라고 생각했지만, 우리는 늘 그 수염을 쳐다보았지.

그래서 웃었군.

그래, 웃었어.

라디는 내 침대 모서리에 앉아 손바닥으로 무릎을 문지르고 있었다. 그래, 난 그랬어. 틀림없이 그랬어. 그가 중얼거렸다.

그러더니 갑자기 불안한 눈빛으로 나를 쳐다보았다.

내 부탁 하나 들어줄래, 응? 제발 웃지는 말고. 나와 같이 가자.

러시아로?

그래, 아주 빨리 갈 수 있어. 잠깐이면 돼. 네가 나를 잘 알기 때문이야, 제발.

그가 내 손을 잡았다. 그에게서 눈 같은 감촉이 느껴졌다. 아주 싸늘했다. 아주 푹석했다. 아주 가벼웠다.

우리는 오리나무들 사이에 서 있었다. 거기에 어떤 하얀 물체가 놓여 있었다. 이리 와봐. 라디가 말했다. 저기 내가 누워 있어. 거기에는 내가 학창 시절부터 알고 지낸 것 같은 사람의 해골이 있었다. 녹갈색 쇠붙이가 하나 그 옆에 놓여 있었다. 저건 내 철모야. 완전히 녹이 슨 데다 이끼가 끼었지. 그가 말했다.

그는 이어서 해골을 가리켰다. 제발 웃지 마. 그런데 이게 나야. 그가 말했다. 이걸 이해할 수 있니? 넌 나를 잘 알잖아.

여기 이게 나인지, 네가 한번 말해봐. 어때? 끔찍하리만큼 낯설어 보이지 않아? 나라고 인정될 만한 것은 아무것도 없어. 더 이상 나인 줄 알아볼 수가 없잖아. 그런데 여기 이게 나야. 정말 틀림없이 나야. 그러나 난 도무지 이해할 수가 없어. 끔찍하게 낯설다고. 이건 예전의 나와는 이제 아무 연관이 없어. 아니, 제발 웃지 마. 이 모든 것이 내게는 끔찍하게 낯설고, 너무나 불가사의하고, 너무나 막연해.

그는 시커먼 땅바닥에 주저앉아 슬픈 듯이 멍하니 앞을 바라보았다. 이건 예전의 나와 아무 연관이 없다고, 아무것도, 전혀 아무런 연관도 없다고 그는 말했다. 그다음 그는 손가락 끝으로 시커먼 흙을 약간 파내 코끝에 대고 냄새를 맡았다. 낯설어. 아주 낯설어. 그가 속삭이듯 말했다. 그는 흙을 나에게 내밀었다. 흙은 앞서 나를 붙잡았던 그의 손처럼 아주 싸늘하고, 아주 푸석하고, 아주 가벼웠다.

냄새를 맡아봐. 그가 말했다.

나는 숨을 깊이 들이마셨다.

어때?

흙이로군. 내가 대답했다.

그리고?

약간 시고 약간 쓴 게 보통의 흙인데.

그런데 낯설지 않아? 아주 낯설지 않아? 그리고 몹시 역겹고 말이야, 안 그래?

나는 흙냄새를 깊이 들이마셨다. 흙은 싸늘하고 푸석하고 가벼웠다. 약간 시고 약간 쓰디쓴 냄새가 났다.

냄새가 좋아. 내가 말했다. 흙냄새야.

역겹지 않아? 낯설지 않아?

라디는 겁먹은 눈으로 나를 쳐다보았다. 몹시 역겨운 냄새가 나지 않느냔 말이야.

나는 다시 냄새를 맡았다.

아니, 다 같은 흙냄새인데.

그래?

틀림없어.

그리고 역겹게 느껴지지도 않는단 말이지?

응, 아주 좋은 냄새야, 라디. 너도 다시 한번 잘 맡아봐.

그는 손가락 사이로 흙을 조금 집어서 냄새를 맡았다.

흙은 다 이런 냄새가 나니? 그가 물었다.

그럼, 다 그런 냄새야.

그는 숨을 깊이 들이마셨다. 그는 흙을 든 손바닥에 코를 바짝 대고 숨을 들이마셨다. 그러고는 나를 쳐다보았다. 네 말이 맞아. 그가 말했다. 아주 좋은 냄새 같기도 해. 그렇지만 이게 나라고 생각하면 낯설단 말이야. 그래, 아주 끔찍하게 낯설다고.

라디는 주저앉아 냄새를 맡았다. 내가 있는 것도 잊은 채 냄새를 맡고 또 맡았다. 그럴수록 그는 낯설다는 말을 점차

덜하게 되었다. 낯설다는 말소리가 점점 작아졌다. 그는 자꾸만 자꾸만 냄새를 맡았다.

이때를 틈타 나는 발뒤꿈치를 가만히 들고 집으로 돌아왔다. 아침 5시 반쯤이었다. 앞뜰에는 눈이 덮인 틈사이로 흙이 보였다. 나는 맨발로 눈 속의 시커먼 흙을 밟았다. 흙은 싸늘하고 푸석하고 가벼웠다. 그리고 냄새가 났다. 나는 선 채로 숨을 깊이 들이마셨다. 정말 흙에서는 냄새가 났다. 좋은 냄새야, 라디. 내가 속삭였다. 정말 좋은 냄새야. 틀림없는 흙냄새야. 안심해도 돼.

밤에는 쥐들도 잠을 잔다

황량한 벽에 움푹 뚫린 창문이 초저녁 햇빛을 가득 받아 붉고 푸른 입을 크게 벌려 하품하고 있었다. 먼지구름이 가파르게 뻗어 있는 굴뚝 잔해 사이에서 가물거렸다. 폐허의 땅이 멍하니 졸고 있었다.

아이는 눈을 감았다. 홀연히 앞이 어두워졌다. 아이는 누군가가 다가와 앞에 살포시 선 것을 알아차렸다. 이제 그들이구나! 아이는 생각했다. 그러나 아이가 눈을 깜박였을 때 거기엔 초라한 바지를 입은 두 다리가 보였을 뿐이다. 두 다리는 꽤 굽어 있어서 아이는 그 사이로 앞을 내다볼 수 있었다. 아이는 눈을 살짝 뜨고 조심스레 바지 입은 두 다리를 올려다봤다. 제법 나이가 든 남자였다. 남자는 손에 칼과 바구니를 들고 있었다. 손끝에는 흙도 약간 묻어 있었다.

너 여기서 자고 있었니? 남자는 이렇게 물으며 아이의 덥수룩한 머리털을 내려다보았다. 위르겐은 남자의 다리 사이로 햇빛을 힐끔거리며 말했다. 아니요, 자고 있지 않았어요. 여기서 망을 보고 있는 거예요. 남자는 고개를 끄덕였다. 그래, 그래서 커다란 막대기를 들고 있는 거니?

네. 위르겐은 씩씩하게 대답하면서 막대기를 힘주어 잡았다.

그런데 대관절 뭘 망보는 거지?

말할 수 없어요. 아이는 막대기를 단단히 잡아 쥐었다.

돈이구나, 그렇지? 남자는 바구니를 내려놓더니, 바지 엉덩이에 칼을 이리저리 닦았다.

아니에요, 돈 같은 건 아니에요. 위르겐은 경멸하듯 말했다. 아주 다른 거예요.

그래, 그게 무얼까?

말할 수 없다니까요. 아무튼 아주 다른 거예요.

그럼 말하지 마. 나도 네게 여기 이 바구니 안에 뭐가 들었는지 말해주지 않을 거야. 그러면서 남자는 발로 바구니를 툭 차면서 칼을 접었다.

흥, 난 그 바구니 안에 뭐가 들었는지 생각할 수 있어요. 위르겐은 대수롭지 않게 말했다. 토끼풀이죠.

허, 맞혔다! 남자가 놀란 얼굴로 말했다. 너 정말 대단한 녀석이로구나. 몇 살이니?

아홉 살이오.

오, 아홉 살이라고. 그럼 셋 곱하기 아홉이 얼마인지도 알겠구나, 얼마지?

당연하죠. 위르겐은 말했다. 그러고는 시간을 벌기 위해 다시 덧붙였다. 그쯤이야 아주 쉬워요. 그는 남자의 두 다리 사이로 내다보았다. 3 곱하기 9 말이죠? 그는 다시 한번 물었다. 27이죠. 그쯤이야 금방 알았어요.

맞아. 남자가 말했다. 꼭 그 숫자만큼 난 토끼를 갖고 있단다.

위르겐은 입을 떡 벌렸다. 스물일곱 마리나요?

네가 볼 수도 있지. 아직 어린 토끼들도 여러 마리야. 보고 싶으냐?

그럴 수 없어요. 난 망을 봐야 하니까요. 위르겐은 말을 흐렸다.

계속? 밤에도? 남자가 물었다.

밤에도요. 계속해서, 쭉. 위르겐은 굽은 다리를 올려다보았다. 벌써 토요일부터 쭉 이러고 있으니까요. 아이가 속삭였다.

그럼 집에도 아예 가지 않는단 말이냐? 식사는 해야 할 것 아니니?

위르겐은 돌멩이 하나를 들어 올렸다. 그 자리엔 빵 반 조각이 놓여 있었다. 양철로 만든 담뱃갑도 하나 있었다.

너 담배 피우니? 남자가 물었다. 파이프도 갖고 있어?

위르겐은 막대기를 단단히 잡고 우물우물 대답했다. 말아 피워요. 파이프는 싫어해요.

이런. 남자는 바구니 쪽으로 허리를 굽혔다. 토끼들을 조

78

용히 구경할 수 있을 텐데. 특히 새끼들 말이다. 어쩌면 한 마리쯤 골라 가질 수도 있을 텐데. 하지만 넌 여기서 떠날 수가 없으니, 원.

못 떠나요. 위르겐이 슬픈 목소리로 말했다. 못 떠나요, 안 돼요.

남자는 바구니를 집어 들고 몸을 일으켰다. 여기 머물러 있어야만 한다니, 안됐구나. 그는 몸을 돌렸다.

아무한테도 말하지 않는다면 말이에요. 그때 위르겐이 다급히 말했다. 쥐들 때문에 그러는 거예요.

굽은 다리가 한 발짝 뒤로 물러섰다. 쥐들 때문이라고?

네, 쥐들은 시체를 먹잖아요. 사람들을 말이에요. 그놈들은 그걸 먹고 사니까요.

누가 그러던?

우리 선생님이요.

그래서 넌 지금 쥐들을 지켜보는 거니? 남자가 물었다.

쥐들을 보는 건 아니에요! 아이는 나지막하게 말했다. 내 동생이오. 내 동생이 저 아래 누워 있어요. 위르겐은 허물어진 벽을 막대기로 가리켰다. 우리 집은 폭격을 당했어요. 갑자기 지하실 불이 꺼졌죠. 그리고 동생도 없어졌어요. 우리는 큰 소리로 불렀어요. 그 애는 나보다도 훨씬 어렸어요. 겨우 네 살이었으니까요. 그 애는 틀림없이 여기 있을 거예요. 나보다도 훨씬 어리거든요.

남자가 아이의 더벅머리를 내려다보았다. 그러더니 갑자기 말했다. 그래, 너희 선생님은 쥐들도 밤에 잠을 잔다는 걸 말씀해주지 않으셨니?

아니요. 위르겐이 힘없이 말했다. 갑자기 몹시 피곤해 보였다. 그런 말씀은 안 하셨어요.

아니, 그런 것도 모르면서 무슨 선생이라고. 밤에는 쥐들도 잠을 잔단다. 밤에는 안심하고 집으로 돌아가도 좋아. 놈들도 밤에는 언제나 자니까. 어두워지기만 하면 말이다.

위르겐은 막대기로 폐허 더미에 자그만 구멍들을 팠다.

이게 그놈들의 작은 침대야. 아이는 생각했다. 구멍마다 모두 작은 침대야. 그때 남자가 다음과 같이 말했다(그의 굽은 두 다리는 아주 불안해 보였다). 그런데 애야. 이제 난 얼른 토끼들에게 풀을 줘야 한단다. 날이 어두워지면 너를 데리러 오마. 어쩌면 한 마리 가져올 수도 있어. 아주 작은 놈으로. 네 생각은 어떠냐?

위르겐은 폐허 더미에 자그만 구멍들을 팠다. 작은 토끼라. 흰 토끼, 회색 토끼, 연회색 토끼. 난 잘 모르겠어요. 그놈들이 정말로 밤에 잠을 자는지 잘 모르겠어요. 아이는 나지막하게 말하면서 굽은 두 다리를 바라보았다.

남자는 허물어진 벽을 넘어 도로 위로 올라갔다. 물론이지. 그는 가면서 그렇게 말했다. 너희 선생님이 정말 그것도 모르면 보따리 싸야지.

그러자 위르겐이 자리에서 일어서며 물었다. 토끼 한 마리를 얻을 수 있다면 흰색으로 주시겠어요?

그러도록 해보마. 남자는 벌써 사라져가며 소리 질렀다. 하지만 그때까지 여기서 기다려야 해. 그다음에 함께 집으로 가자꾸나. 알겠지? 난 네 아버지에게 토끼우리를 어떻게 짓는지 알려드려야겠다. 그걸 알아야 하니까.

네, 기다릴게요. 위르겐이 소리쳤다. 어두워질 때까지는 계속 망을 봐야 해요. 꼭 기다릴게요. 그러더니 또 이렇게 소리쳤다. 우리 집에는 판자도 있어요. 나무판자요.

그러나 남자는 더 이상 아무 말도 듣지 못했다. 그는 굽은 다리로 햇빛 쪽으로 뛰어갔다. 이미 저녁노을이 붉게 물들어 있고 위르겐은 남자의 두 다리 사이로 비치는 해를 볼 수 있었다. 두 다리는 그 정도로 심하게 굽어 있었다. 바구니가 이리저리 흔들거렸다. 토끼풀이 그 안에 담겨 있었다. 푸른색 토끼풀, 그것은 폐허 때문에 조금 잿빛이 되어 있었다.

신의 눈

신의 눈이 흰 수프 접시 한가운데에 동그랗게, 눈가를 붉히며 들어 있다. 수프 접시는 우리 부엌 식탁 위에 놓여 있다. 커다란 생선 토막의 피 얼룩진 내장과 우윳빛 뼈들 때문에 식탁은 흡사 전쟁터처럼 보였다. 흰 접시 안에 들어 있는 눈은 대구의 것이었다. 그 눈은 커다란 흰 생선 토막과 함께 우리 냄비 안에서 끓여졌다. 눈은 몹시 외로웠다. 그것은 신의 눈이었다.

자꾸 포크로 접시에 있는 눈을 이리저리 휘젓지 말라니까. 어머니가 말했다.

나는 수프 접시의 곡면을 따라 매끈하고 동그란 눈을 흔들어대면서 물었다. 왜 안 된다는 거예요? 저 생선은 아무것도 모를 텐데. 끓여진 거잖아요.

눈을 가지고 놀면 못써. 그 눈은 네 것과 똑같이 신께서 만드신 거야. 어머니가 말했다.

나는 대구 눈을 휘휘 돌리다 말고 어머니에게 물었다. 이게 신이 만드신 거라고요?

물론이지, 그 눈은 신의 것이야. 어머니가 대답했다.

대구의 것이 아니란 말이지요. 나는 계속 깐죽거렸다.

대구의 것이긴 하지. 그러나 본질적으로는 신의 것이란 말이다.

접시에서 눈을 뗐을 때, 나는 어머니가 울고 있는 것을 보았다. 우리 집에 대구가 있던 그날은 할아버지가 돌아가신 날이었던 것이다. 어머니는 울면서 밖으로 나갔다. 나는 접시를 바짝 끌어당겼는데, 접시 한가운데에는 외로운 눈, 신의 것이라는 눈가가 붉은 그 눈이 들어 있었다. 나는 접시 위로 입을 바짝 갖다 댔다.

네가 신의 눈이니? 나는 속삭였다. 그렇다면 할아버지가 왜 오늘 갑자기 돌아가셨는지 말해봐. 응, 말해보라니까!

눈은 아무 말도 하지 않았다.

넌 잘 모르는구나. 나는 의기양양하게 중얼거렸다. 너는 신의 눈이라면서 할아버지가 왜 돌아가셨는지 잘 모르는구나. 그분이, 할아버지 말이야, 정말 다시 오실지 안 오실지 넌 아니? 나는 접시에 대고 물어보았다. 응, 말해봐. 넌 틀림없이 알 텐데. 그분은 이제 결코 다시 오시지 않느냔 말이야?

눈은 아무 말도 하지 않았다.

나는 그 눈에 입을 아주 바짝 갖다 대고 다시 절박하고 진지한 목소리로 물었다. 너 말이야, 우리가 할아버지를 다시

볼 수 있는 거야? 말 좀 해보렴. 우리가 그분을 다시 볼 수 있
겠냔 말이야? 어디선가 그분을 다시 만날 수도 있을 거야,
안 그래? 말해봐, 우리가 그분을 다시 만날 수 있을지 말이
야. 이봐, 너는 신의 것이라며, 말 좀 해보라고!

눈은 아무 말도 하지 않았다.

나는 점점 화가 치밀어 접시를 내동댕이쳤다. 눈은 미끄
러지며 접시 가장자리를 넘어 바닥에 떨어졌다. 그 눈은 바
닥에 놓여 있었다. 나는 긴장하여 물끄러미 바라보았다. 눈
은 바닥에 놓여 있었다. 그것은 신의 눈이었다. 신의 눈이
바닥 위에 놓여 있었다. 그러나 눈은 아무 말도 하지 않았
다. 나는 다시 한번 바라보았다. 아니. 아무 말도 없었다. 나
는 일어섰다. 나는 신에게 시간을 주기 위해 천천히 일어섰
다. 아주 천천히 나는 부엌문 쪽으로 걸어갔다. 문고리를 잡
았다. 천천히 아래로 돌렸다. 그 눈에 등을 돌리고 한참 동안
부엌문 옆에서 기다렸다. 아무 대답이 없었다. 신은 아무 말
도 하지 않았다. 그래서 나는 눈을 돌아보지도 않고 문밖으
로 뛰쳐나와 버렸다.

어둠에 싸인 세 왕

　그는 어두운 시 외곽을 터벅터벅 걸어갔다. 집들은 부서진 채 하늘을 향해 서 있었다. 달은 없고 포장도로는 늦은 저녁 발걸음 소리에 소스라쳤다. 그때 그는 낡은 나무판자를 발견했다. 발로 그것을 차자, 나무판자는 신음 소리를 내며 부러졌다. 나무에서는 무르고 달콤한 냄새가 났다. 그는 어두운 시 외곽을 가로질러 터벅터벅 돌아왔다. 하늘엔 별 하나 뜨지 않았다.

　문을 열었을 때(문은 울음소리를 냈다) 아내의 창백하고 파란 두 눈이 그를 맞이했다. 지치고 피곤한 얼굴이었다. 그녀의 숨결이 방 안에 하얗게 드리워져 있었다. 그렇게 추운 날씨였다. 그는 뼈가 앙상한 무릎을 굽히고 나무를 부러뜨렸다. 나무는 신음 소리를 냈다. 그러자 주변에서 무르고 달콤한 냄새가 났다. 그는 나뭇조각 하나를 코밑에 갖다 댔다. 과자 같은 냄새가 나는군. 그는 조용히 웃었다. 안 돼요. 아내의 두 눈이 그렇게 말하고 있었다. 웃지 말아요. 아기가 잠들었어요.

남편은 무르고 단 냄새가 나는 나무를 작은 양철 난로 안에 넣었다. 그러자 반짝 불꽃이 일면서 방 안에 한 줌 가득 따뜻한 빛을 던졌다. 불빛이 작고 동그란 얼굴 위를 한동안 밝게 비췄다. 얼굴은 태어난 지 겨우 한 시간밖에 안 되었으나 갖출 것은 모두 갖추고 있었다. 귀, 코, 입, 눈. 눈은 비록 감겨 있었지만 틀림없이 클 거라는 생각이 들었다. 입은 벌어진 채 나지막한 숨소리가 새어 나왔다. 코와 귀는 빨갰다. 살아 있구나. 아기 엄마는 생각했다. 작은 그 얼굴은 자고 있었다.

아직 귀리가 남아 있군. 남편이 말했다. 그래요, 다행이에요. 아내가 대답했다. 날씨가 추워요. 남편은 단내가 나는 무른 나무를 더 들고 왔다. 아내는 방금 아기를 낳았는데도 추위에 떨어야 한다니. 그는 생각했다. 아무나 붙잡고 면상에 주먹이라도 휘두르고 싶었지만 그럴 사람이 없었다. 난로 아궁이를 열자 한 줌 빛이 다시 자고 있는 얼굴을 비췄다. 아내가 나지막한 소리로 말했다. 이것 좀 봐요, 성광聖光을. 보이죠? 성광이라고! 그는 생각했다. 그러나 면상에 주먹이라도 휘두르고 싶었지만 그럴 사람이 아무도 없었다.

그때 문가에 사람들이 나타났다. 우리는 불빛을, 창문에서 새어 나오는 불빛을 보았습니다. 그들이 말했다. 우리는 10분만 앉아 있고 싶습니다.

하지만 우린 아기가 있어서요. 남편이 그들에게 말했다.

그들은 아무 말 없이 콧김을 내뿜으며 발끝을 치켜들고서는 방 안으로 들어섰다. 우리는 아주 조용히 있겠습니다. 그들이 속삭였다. 발끝을 치켜들고서. 그때 불빛이 그들 위로 쏟아졌다.

세 사람이었다. 셋 다 낡은 군복을 입고 있었다. 한 사람은 두꺼운 마분지 상자를, 다른 한 사람은 자루를 메고 있었다. 세번째 사람은 두 손이 없었다. 얼어버렸지요. 그는 그렇게 말하면서 뭉툭한 팔목을 높이 쳐들었다. 그런 다음 그는 몸을 돌려 남편 쪽으로 외투 호주머니를 갖다 댔다. 그 안에는 잎담배와 얇은 종이가 들어 있었다. 그들은 담배를 말았다. 하지만 아내가 말했다. 안 돼요, 아기가 있잖아요.

그러자 네 사람은 문 앞으로 갔다. 담뱃불은 어두운 밤에 네 개의 점을 이루었다. 한 사람은 발을 두툼하게 동여매고 있었다. 그는 자루에서 나무 한 토막을 꺼냈다. 당나귀입니다. 일곱 달에 걸쳐 깎은 것이지요. 아기에게 주시구려. 그는 그렇게 말하며 그것을 남편에게 건넸다. 그 발은 왜 그렇습니까? 남편이 물었다. 물이 찼어요. 굶주려서 생긴 것이지요. 당나귀를 깎은 사람이 말했다. 다른 분, 저 세번째 분은요? 남편이 물으며 어둠 속에서 나무 당나귀를 만져보았다. 세번째 사람은 군복을 입은 채 벌벌 떨고 있었다. 아, 아무것도 아닙니다. 그가 속삭였다. 그저 신경성이지요. 그는 매우 불안한 기색이었다. 그들은 담뱃불을 밟아 끄고 다시 방 안으로 들어갔다.

그들은 발끝을 치켜들고 자고 있는 작은 얼굴을 바라보았다. 몸을 떨던 사람이 두꺼운 마분지 상자에서 노란 사탕 두 개를 꺼내며 입을 열었다. 이것을 부인께 드리세요.

어둠에 싸인 세 남자가 몸을 숙여 아기를 들여다보자, 아내의 창백하고 파란 눈이 휘둥그레졌다. 그녀는 몸서리를 쳤다. 그때 아기가 그녀의 가슴팍으로 두 발을 뻗으며 세차게 울었다. 그러자 어둠에 싸인 세 남자는 발끝을 치켜들고 문 쪽으로 미끄러져 나갔다. 그들은 거기서 한 번 더 고개를 끄덕이더니 캄캄한 밤 속으로 사라져버렸다.

남편은 그들 쪽을 바라보았다. 기이한 성자들이야. 남편이 아내에게 말하고는 문을 닫았다. 선량한 성자들이야. 남편은 중얼거리면서 귀리 쪽으로 시선을 돌렸다. 그러나 그가 면상에 주먹을 휘두를 만한 사람은 아무도 없었다.

아기가 울었어요. 아내가 속삭였다. 아주 우렁차게 울었다고요. 그러자 그 사람들이 갔어요. 보세요, 얼마나 생기가 넘치는지. 그녀가 자랑스럽게 말했다. 아기가 입을 열고 소리를 질렀다.

우는 건가? 남편이 물었다.

아니에요, 웃는 걸 거예요. 아내가 대답했다.

과자 냄새 같아. 남편은 이렇게 말하며 과자 냄새를 맡기라도 하듯 나무에 대고 냄새를 맡았다. 정말 달콤했다.

오늘이 바로 크리스마스군요. 아내가 말했다.

그래, 크리스마스군. 그가 중얼거렸다. 난로에서 한 줌 불빛이 자고 있는 작은 얼굴 위로 가득 쏟아졌다.

빵

갑자기 그녀는 잠이 깼다. 2시 반이었다. 왜 잠이 깼는지
그녀는 곰곰이 생각해보았다. 아, 그래! 부엌에서 누군가가
의자에 부딪히는 소리가 났어. 부엌 쪽으로 귀를 기울였다.
조용했다. 너무 조용했다. 그녀는 손으로 침대 옆을 더듬어
보았다. 아무도 없었다. 그랬다. 그의 숨소리가 들리지 않았
기 때문에 그토록 사방이 조용했던 것이다. 그녀는 자리에
서 일어나 어두운 방을 더듬어 부엌으로 갔다. 부엌 찬장 옆
에 하얀 물체가 얼씬거렸다. 그녀는 불을 켰다. 그들은 잠옷
바람으로 서로 마주 보고 있었다. 밤에. 2시 반에. 부엌에서.

부엌 식탁 위에는 빵 접시가 놓여 있었다. 그녀는 그가 빵
을 잘라놓은 것을 보았다. 칼은 접시 옆에 그대로 놓여 있었
다. 식탁보 위에는 빵 부스러기가 널려 있었다. 저녁에 잠들
기 전에 그녀는 항상 식탁보를 깨끗이 정돈해놓곤 했다. 매
일 저녁에 그랬다. 그런데 지금 식탁보 위에 빵 부스러기가
널려 있었다. 그리고 칼도 거기 있었다. 그녀는 타일 바닥의
냉기가 차츰 몸을 타고 스며드는 것을 느꼈다. 그녀는 접시

에서 시선을 돌렸다.

"여기에 무슨 일이 있나 싶어서……"

그가 부엌을 휘둘러보며 말했다.

"나도 무슨 소리를 들었어요."

그녀가 대답했다. 그녀는 한밤중에 잠옷 바람으로 서 있는 남편이 퍽 나이 들어 보인다고 생각했다. 그가 저렇게 늙었다니. 예순셋. 낮에는 이따금 그보다는 더 젊어 보였다. 이젠 그녀도 정말 늙어 보이는군, 잠옷 바람의 그녀 모습이 아주 늙어 보여. 그도 이렇게 생각했다. 그러나 어쩌면 그건 머리 때문일 거야. 여자들이 밤에 늙어 보이는 건 늘 머리 때문이지. 머리 때문에 느닷없이 늙어 보이는 수가 있거든.

"신발을 신었으면 좋았을 텐데요. 차가운 타일 바닥에 맨발로 서 있으면 감기 걸려요."

그녀는 그를 바라보지 않았다. 그가 거짓말하는 것이 참기 힘들었던 것이다. 39년이나 함께 산 남편이 지금에 와서도 거짓말을 하다니, 참을 수 없는 일이었다.

"무슨 일이 있나 싶어서." 그는 똑같은 말을 되풀이하고 나서 공연히 이 구석 저 구석을 둘러보았다. "무슨 소리가 들려서, 여기에 무슨 일이 일어났나 했소."

"나도 무슨 소리를 들었어요. 그런데 별일 없는 모양이군요."

그녀는 식탁에서 접시를 내려놓고 빵 부스러기를 털어냈다.

"그래, 아무 일도 없는 모양이오."

그는 움츠러들면서 불안한 모습으로 중얼거렸다.

그녀가 그를 거들었다.

"자, 들어가요. 밖에서 난 소리였나 봐요. 침실로 가요. 감기 걸리겠네요. 타일 바닥이 이렇게 차가우니……"

그는 창문 쪽을 쳐다보았다.

"그래요. 아마 바깥에서 난 소리였던 것 같군. 난 또 여긴가 생각했구려."

그녀는 전등 스위치에 손을 올렸다. 불을 꺼야지, 안 그러면 자꾸 접시를 쳐다보게 된단 말이야. 그녀는 생각했다. 접시를 자꾸 쳐다봐서는 안 된다.

"들어가요." 이렇게 말하면서 그녀는 불을 꺼버렸다. "바깥에서 난 소리였나 봐요. 바람이 불면 지붕 홈통이 늘 벽에 부딪히니까요. 그 소리가 분명해요. 바람만 불면 항상 덜커덩거리니까요."

두 사람은 손을 더듬으며 어두컴컴한 복도를 지나 침실로 왔다. 바닥에서는 두 사람이 돌아오면서 내는 맨발 소리가 찰싹거렸다.

"바람이 그런 거로군." 그가 말했다. "밤새 바람이 불고 있다오."

침대에 눕자, 그녀가 다시 말했다.

"그래요. 정말 밤새도록 부는군요. 지붕 홈통에서 난 소리일 거예요."

"글쎄 말이오, 난 부엌에서 나는 소린가 했지. 지붕 홈통에서 난 소리였을 텐데 말이야."

그는 벌써 반쯤 잠든 목소리로 대답했다.

그러나 그녀는 거짓말을 하는 그의 목소리가 몹시 어색하게 들린다는 것을 알아차렸다.

"추워요." 그녀가 가볍게 하품을 했다. "이불 속으로 들어가야겠어요. 잘 자요."

"잘 자요." 그러면서 그는 다시 말을 이었다. "이젠 정말날이 추워졌는걸."

사방이 다시 조용해졌다. 얼마쯤 지났을까, 그녀는 그가몰래 우물거리며 빵 씹는 소리를 들었다. 그녀는 자신이 아직 잠들지 않았다는 것을 그가 눈치채지 못하도록 일부러깊고 고르게 숨을 쉬었다. 그러나 그가 빵을 씹는 소리가 얼마나 규칙적이었는지. 그 소리에 따라 그녀는 잠이 들어버렸다.

다음 날 저녁 남편이 귀가하자, 그녀는 빵 네 조각을 그에게 내밀었다. 그전엔 꼭 세 조각이었다.

"마음 놓고 다 먹어요." 그녀는 이렇게 말하고는 식탁을떠났다. "난 빵이 잘 소화가 안 돼요. 당신이 한 조각 더 들어요. 난 소화가 잘 안 돼서 말이에요."

그녀는 남편이 접시 위로 몸을 깊이 숙이는 것을 보았다.

빵   93

그는 고개를 들지 않았다. 순간 그녀는 남편에 대한 연민이 솟구쳤다.

"당신은 두 조각뿐이니 어떡하지."

접시에 시선을 고정한 채 남편이 말했다.

"괜찮아요. 저녁엔 빵이 잘 소화가 안 돼요. 먹어요, 빨리."

얼마쯤 지나서야 그녀는 전등 불빛이 비치는 식탁으로 가 앉았다.

이별 없는 세대

우리는 만남도 없고 깊이도 없는 세대다. 우리에게 깊이
는 끝 모를 나락이다. 우리는 행복도 없고 고향도 없고 이별
도 없는 세대다. 우리의 태양은 희미하고, 우리의 사랑은 비
정하고, 우리의 젊음은 젊지 않다. 우리에게는 국경도 없고
제약도 없고 보호막도 없다 — 그런 우리를 경멸하는 사람
들이 있는 세상으로 어린 시절 울타리에서 내쫓긴 세대다.

하지만 그들은 세상의 모진 바람이 몰아칠 때 우리의 마
음을 의지할 수 있는 신을 마련해주지 않았다. 그리하여 우
리는 신이 없는 세대다. 우리는 만남도 없고 과거도 없고 인
정받지도 못하는 세대이기 때문이다.

우리의 두 발과 마음을 뜨겁게 달구는 거리, 한 길 넘게 눈
쌓인 거리를 헤매는 집시로 만들어버린 이 세상의 모진 바
람이 우리를 이별 없는 세대로 만들었다.

우리는 이별 없는 세대다. 우리는 이별의 삶을 살 수 없으
며, 또 이별의 삶을 살아서도 안 된다. 우리의 발길이 정처
없이 거리를 헤매는 동안, 집시처럼 떠도는 우리의 마음에

는 끝없는 이별들이 생겨나기 때문이다. 아니면 아침의 이별을 맞게 될 하룻밤을 위해 우리의 마음을 붙들어둬야 하는가? 우리는 그 이별을 참아내려는가? 우리와 달리 매초마다 이별의 아픔을 이겨내는 그대들처럼 우리가 이별의 삶을 살고자 한다면, 우리가 흘리는 눈물은 그 어떤 둑으로도 막을 수 없는 커다란 물줄기로 흘러넘치게 될 것이다. 그것이 설령 우리 조상들이 쌓은 둑이라 할지라도.

그대들이 1킬로미터 간격으로 길가에 선 이별을 살아낸 것처럼 그렇게 살아낼 힘이 우리에게는 없다.

그대들이여, 우리에게 우리 마음이 침묵한다고 해서 우리 마음에 말할 소리가 없다고 말하지 말라. 우리 마음은 만남도 이별도 모두 입에 담지 않을 뿐이다. 만약 우리 마음이 우리가 겪은 모든 이별에 애태우고 슬퍼하고 위로하며 피 흘린다면 우리는 그대들에 비할 수 없이 많은 이별을 해야 할 터이니, 우리의 예민한 마음이 내지르는 비명이 너무도 커서 그대들은 밤마다 침대 맡에 앉아 우리를 위한 신을 간청해야 하기 때문이다.

그러므로 우리는 이별 없는 세대다. 우리는 이별을 부인하며, 아침에 잠든 이별을 놔두고 떠난다. 이별을 막고 이별을 아낀다. 우리를 위해 그리고 헤어지는 이들을 위해 이별을 아껴두는 것이다. 마치 도둑처럼 우리는 이별 앞에서 몸을 숨기며 서로 슬그머니 도망친다. 우리는 사랑을 취하고 이별은 거기 그대로 남겨둔다.

우리 삶은 만남으로 가득 차 있지만, 그 만남들은 짧고 이별도 없다. 마치 별들처럼. 별들은 서로 가까이 다가가 잠시 함께 있다가 다시 멀어진다. 자취도 없고, 속박도 없고, 이별도 없이.

우리는 스몰렌스크의 성당 아래에서 만나, 한 명의 남편과 한 명의 아내가 된다. 그런 다음 슬그머니 도망친다.

우리는 노르망디에서 만난다. 부모와 자식처럼. 그런 다음 슬그머니 도망친다.

우리는 핀란드의 호숫가에서 만나 하룻밤 사랑을 속삭인다. 그런 다음 슬그머니 도망친다.

우리는 베스트팔렌에 있는 농장에서 만나, 서로 즐기다가 아이를 낳는다. 그런 다음 슬그머니 도망친다.

우리는 도시의 어느 지하실에서 만나고, 굶주리고 지친 사람들이다. 아무 대가도 치르지 않고 실컷 잠을 잔다. 그런 다음 슬그머니 도망친다.

우리는 이 세상에서 만나 서로 함께 지낸다. 그런 다음 슬그머니 도망친다. 우리에게는 만남도 없고, 머무름도 없고, 이별도 없기 때문이다. 우리는 이별 없는 세대다. 마음이 내지르는 비명을 두려워하며 도둑처럼 슬그머니 도망친다. 우리는 귀향 없는 세대다. 우리에게는 돌아갈 곳도 없고 마음 줄 이도 없다. 그리하여 우리는 이별 없는 세대, 귀향 없는 세대가 되었다.

그러나 우리는 도착의 세대다. 어쩌면 우리는 새로운 별에, 새로운 삶에 다다르는 도착의 세대다. 새로운 태양 아래, 새로운 마음에 다다르는 도착의 세대다. 어쩌면 우리는 새로운 사랑에, 새로운 웃음에, 새로운 신에게 다다르는 도착으로 가득 차 있는지도 모른다.

우리는 이별 없는 세대다. 그러나 우리는 모든 도착이 우리의 것임을 알고 있다.

부엌 시계

그들은 멀리서부터 그가 오는 것을 알아보았다. 눈에 잘 띄었기 때문이다. 그는 매우 나이 든 얼굴을 하고 있었으나 걸음걸이로 보아 고작 스무 살이라는 것을 알 수 있었다. 그는 나이 든 얼굴을 하고서 그들 옆 벤치에 가 앉았다. 그리고 그들에게 손에 쥔 것을 보여주었다.

우리 집 부엌 시계예요. 그가 말했다. 그러면서 벤치에 앉아 햇볕을 쬐고 있는 그들 모두를 차례로 바라보았다. 그래요, 내가 이걸 찾아냈답니다. 이게 남아 있었어요.

그는 접시 모양의 둥글고 하얀 부엌 시계를 들고 파란색으로 그려진 숫자들을 손가락으로 튕기며 먼지를 닦아냈다.

이 시계는 이제 아무 쓸모가 없어요. 나도 알아요. 그가 미안한 표정으로 말했다. 또 별로 근사하지도 않고요. 접시처럼 보일 뿐이죠. 하얀 래커를 칠한 접시 말이에요. 하지만 파란 숫자판은 아주 예뻐 보여요. 시곗바늘이야 물론 양철로 된 거예요. 이제 더는 가지도 않아요. 안 가죠. 속이 망가져버렸으니까요. 하지만 겉보기에는 예전 그대로죠. 이제 더는 가지 않는다고 해도 말이에요.

그는 손가락 끝으로 접시 모양 시계의 가장자리를 따라 조심스럽게 원을 그렸다. 그러면서 나지막이 말했다. 이게 남아 있었어요.

벤치에 앉아 햇볕을 쬐고 있던 사람들은 그를 쳐다보지 않았다. 한 남자는 자기 신발을 보고 있었고 여자는 유모차를 들여다보고 있었다. 그때 누군가가 말했다.

그럼 당신은 모든 걸 잃어버렸다는 겁니까?

네, 그렇다니까요. 그는 즐겁게 말했다. 생각해보세요. 죄다 없어졌지 뭡니까! 그런데 이것, 이것만 남았어요. 그는 시계를 다시 높이 쳐들었다. 다른 사람들이 아직도 그것을 모르고 있기라도 하듯이.

하지만 그 시계는 이젠 가지 않는군요. 여자가 말했다.

네, 네, 가지 않아요. 망가졌어요. 나도 잘 알아요. 하지만 그것 외엔 예전 그대로죠. 흰색이며 파란색이며. 그는 다시 그들에게 시계를 보여주었다. 게다가 가장 근사한 일은, 내가 아직 그걸 당신들에게 이야기하지 않았군요. 그는 흥분해서 말을 이었다. 가장 근사한 건 말이에요, 생각해보세요. 시계가 2시 반에 멈춰 있다는 거예요. 정확히 2시 반에 말이에요. 생각해보세요!

그러니까 당신 집은 정확히 2시 반에 폭격을 당했군요. 남자가 이렇게 말하며 아랫입술을 앞으로 쑥 내밀었다. 벌써 여러 번 들은 이야기예요. 폭탄이 떨어지면 시계가 멈춘다고요. 압력 때문에요.

그는 시계를 들여다보며 황망히 고개를 내저었다. 아니, 아니에요. 그런 게 아니에요. 당신이 틀렸어요. 그건 폭탄과는 아무 상관이 없어요. 자꾸 폭탄 이야기를 꺼낼 필요는 없어요. 그게 아니니까요. 2시 반에 당신이 모르는 전혀 다른 일이 있었던 겁니다. 이 시계가 정확히 2시 반에 멈췄다는 것은, 말하자면 우스운 이야기예요. 4시 15분이나 7시가 아니라 2시 반에 말이에요. 2시 반은 내가 늘 집에 돌아오는 시간이었어요. 내 말은 밤 2시 반이라는 거예요. 거의 항상 2시 반이었죠. 완전히 우스운 이야기예요.

그는 다른 사람들을 바라보았다. 그러나 그들은 그에게서 시선을 거두었다. 그들의 눈이 보이지 않자, 그는 시계 쪽으로 고개를 끄덕거렸다. 그때 나는 물론 배가 고팠어요, 그렇지 않겠어요? 언제나 부엌으로 곧장 갔어요. 그게 거의 항상 2시 반이었죠. 그러면, 그러면 어머니가 나오셨어요. 아무리 문을 살며시 열어도, 어머니는 그 소리를 꼭 들으셨거든요. 어두컴컴한 부엌에서 무언가 먹을 것을 찾고 있을 때면, 갑자기 불이 켜졌어요. 그때 어머니는 털 재킷을 입고 붉은 목도리를 두르고 거기 서 계셨어요. 맨발로. 언제나 맨발이셨죠. 우리 부엌은 타일 바닥이었어요. 어머니는 불빛이 너무 밝아서인지, 눈을 가늘게 뜨고 계셨어요. 한참 주무시고 계셨던 겁니다. 한밤중이었고요.

이렇게 늦게, 또. 어머니는 말씀하셨지만, 더 이상은 아무 말도 하지 않으셨어요. 그저, 이렇게 늦게, 또, 하실 뿐이었죠. 그러고 나서 저녁으로 빵을 따뜻하게 데워주시고 내가 먹는 모습을 지켜보셨어요. 발을 마주 비비면서 말이에요. 타일 바닥이 아주 찼거든요. 밤에는 결코 신발을 신는 법이 없으셨어요. 꽤 오래 옆에 앉아 내가 배부를 때까지 기다리셨죠. 방으로 돌아와 불을 끄고 누워 있으면 어머니가 접시 치우는 소리가 들렸죠. 매일 밤 그랬어요. 그리고 거의 항상 2시 반이었어요. 어머니가 밤 2시 반에 상을 차려주시는 일을, 나는 아주 당연한 걸로 생각했죠. 으레 그런 것이려니 하고 말이에요. 어머니는 늘 그렇게 해주시면서도, 이렇게 늦게, 또, 라는 말밖에는 하지 않으셨어요. 그러나 그 말씀만은 매번 되풀이하셨죠. 난 어머니가 늘 그렇게 말씀하실 거라고 생각했어요. 그것 역시 아주 당연하게 생각했어요. 모든 것이 늘 그런 식이었어요. 언제나 그랬던 거예요.

잠시 벤치 위에는 정적이 흘렀다. 그때 그가 나지막하게 입을 열었다. 그런데 지금은? 그는 다른 사람들을 바라보았다. 하지만 그들은 시선을 주지 않았다. 그러자 그는 시계의 희고 파란 둥근 얼굴에 대고 나지막하게 말했다. 지금은, 지금은 알아요. 그때가 천국이었다는 걸 말이에요. 진짜 천국이었어요.

벤치 위에는 완전한 정적이 맴돌았다. 그때 여자가 물었다. 그래서 당신 가족은요?

그는 황망한 표정으로 그녀에게 웃어 보였다. 아, 제 부모님 말인가요? 네, 두 분 다 잃어버렸어요. 모두 다 없어졌어요. 모두. 생각해보세요. 모두 없어졌어요.

그는 황망한 표정으로 한 사람 한 사람에게 웃어 보였다. 그러나 그들은 그를 바라보지 않았다.

그때 그가 다시 시계를 높이 치켜들며 웃었다. 그는 웃으면서 말했다. 이것만 여기 있어요. 이것만 남았어요. 게다가 가장 근사한 건, 이 시계가 정확히 2시 반에 멈춰 있다는 점이에요, 정확히 2시 반에.

그는 더 이상 말하지 않았다. 하지만 그의 얼굴은 매우 나이 들어 보였다. 옆에 앉은 남자는 자기 신발을 내려다보고 있었다. 그러나 그가 신발을 본 것은 아니었다. 그는 그저 천국이라는 그 낱말만 생각하고 있었다.

우리의 작은 모차르트

아침 4시 반부터 밤 12시 반까지. 전차는 3분 간격으로 달렸다. 그때마다 스피커를 통해 여자 음성이 플랫폼에 울려 퍼졌다. "레르터가街. 레르터가." 그 소리가 바람에 실려 우리에게까지 들려왔다. 아침 4시 반부터 밤 12시 반까지. 800번씩. "레르터가. 레르터가."

창가에 리비히가 서 있었다. 이른 아침부터. 정오에도. 오후에도 여전히. 그리고 끝없이 이어지는 저녁에도. "레르터가. 레르터가."

일곱 달을 창가에 서서 그는 그 여자 쪽을 바라보았다. 저편 어딘가에 틀림없이 그녀가 있을 것이다. 어쩌면 늘씬한 다리를 가졌을 것이다. 예쁜 젖가슴, 곱슬곱슬한 머리카락도. 그녀의 모습을 상상할 수 있다. 그리고 그 밖에 다른 것들도. 리비히는 그녀가 노래하는 쪽을 몇 시간이나 바라보았다. 그는 묵주를 떠올렸다. 묵주 알을 하나씩 돌리며 리비히는 기도했다. "레르터가. 레르터가." 아침 4시 반부터 밤 12시 반까지. 이른 아침부터. 정오에도. 오후에도 여전히. 그리고 끝없이 이어지는 저녁에도. "레르터가. 레르터가." 매일 800번씩. 리비히는 벌써 일곱 달을 창가에 서서 그 여자 쪽을 바라보았다. 그녀의 모습을 얼마든지 상상할 수 있다. 어쩌면 아주 늘씬한 다리를 가졌겠지. 예쁜 무릎도. 예쁜 젖가슴도. 그리고 숱이 많은 머리카락. 끝없이 이어지는 저녁처럼 끝없이 긴 머리카락. 리비히는 그녀 쪽을 바라보았다. 아니면 브레슬라우 쪽을 바라보았던 걸까? 하지만 브레슬라우는 수백 킬로미터나 떨어져 있다. 리비히는 브레슬라우 출신이었다. 저녁이면 브레슬라우 쪽을 바라보았던 걸까? 혹은 그녀를 사랑했던 걸까? 레르터가. 레르터가. 끝없이 이어지는 묵주 알들. 아주 늘씬한 다리. 레르터가. 800번. 예쁜 젖가슴. 이른 아침부터. 끝없는, 끝없이 이어지는 저녁 같은 머리카락. 그것은 레르터가에서 브레슬라우까지 뻗어 있다. 꿈속으로까지. 브레슬라우까지. 브레슬 ― 브레슬라우가 ― 블레슬라우가 ― 모두 하차하세요 ― 하차하세요 ― 모두 하차 ― 모두 하차 ― 모두 ― 모두 ― 브레슬 ― 라우 ―

그러나 파울리네는 의자에 웅크리고 앉아 손톱에 입김을 불었다. 그런 다음 손톱을 바지에 문질러 윤을 냈다. 그는 그짓을 항상 되풀이했다. 벌써 몇 달 동안. 손톱은 장밋빛으로 예쁘게 반짝거렸다. 파울리네는 동성애자다. 그는 위생병으

로 전선에 있었다. 그는 부상병들에게 접근했다. 우리에게
는 그저 그들에게 푸딩을 요리해주었을 뿐이라고 말했다.*
그저 푸딩을 요리해주었을 뿐이라고. 그 대가로 그는 징역
2년형을 받았다. 그의 이름은 파울이었다. 우리에게는 물론
파울리네라고 불렸다. 당연하게도 말이다. 그리고 점차 그
도 이런 호칭에 대해 반발하지 않았다. 그는 재판에서 돌아
와 몹시 한탄했다. 아! 내 저금. 내 소중한 저금. 그것만 있으
면 늘그막에 큰 도움이 되었을 텐데. 아주 큰 도움이 되었을
텐데 말이야. 그러나 그는 곧 모든 걸 잊어버렸다. 그는 감방
에 적응했고 아주 바보가 되었다. 그 이후로 그는 손톱에 윤
내는 일만 했다. 그것 말고는 하는 일이 없었다. 그때부터는
남의 이목을 두려워하지 않고 공공연하게 했다. 벌써 몇 달
째. 아마 앞으로도 몇 달 동안 더. 감방에 자리 하나가 빌 때
까지. 파울리네의 침대가 비게 될 때까지. 그동안 파울리네
는 그저 손톱에 윤을 냈다. 교도소 담장 너머 저 밖에서는 전
차 안의 여자가 800행의 영웅적인 시구를 노래하고 있었다.
아침 4시 반부터 밤 12시 반까지 불러댔다. 곱슬머리와 젖
가슴을 지닌 채 노래했다. 우리 감방 안으로 그 눈치 없는 노
래, 방아 찧는 것 같은 일상의 노래, 영원한 인간의 노래가

* "푸딩을 요리해주었다"라는 표현은, 파울리네가 부상병들에게 자신의
가슴을 만지거나 빨게 해주었다는 의미로 여겨진다.

바보처럼 흘러들었다. 레르터가. 레르터가. 그녀의 모습을 상상할 수 있다. 노래하는 여자. 아마 키스를 하면 어리석게도 깨물어버릴지 몰라. 짐승처럼 신음할지도 몰라. (누군가가 치마 속을 더듬거리면 레르터가라고 이야기할까?) 만약 저녁에 그녀를 유혹하면 두 눈이 휘둥그레지면서 눈빛이 몽롱해질지도 몰라. 어쩌면 새벽 4시 무렵의 젖은 풀 냄새 같은 걸 풍길지도 몰라. 그렇게 쌀쌀맞게, 그렇게 풋풋하게, 그렇게 미칠 듯하게, 그렇게, 아, 그렇게…… 아, 그 여자는 매일 800번씩 노래했다. 레르터가. 레르터가. 그런데 아무도 그녀에게 달려들어 목 조르는 이는 없었다. 아무도 우리를 생각해주지 않았다. 아무도 그녀의 목을 물어뜯는 이는 없었다. 그 되바라진 목을. 아무도 없었다. 결코 없었다. 그도 그럴 것이 그녀, 전차 안의 여자는 감상에 젖어 세상에 대한 향수를 노래하는 게 아닌가. 저 어처구니없고 도무지 떨쳐버릴 수도 없는 레르터가의 노래, 그것 말이다.

그러나 머릿속이 복잡하지 않은 날들도 있었다. 축제일이나 휴일, 일요일 같은 날. 월요일도 그런 날이었다. 월요일이면 우리는 면도를 할 수 있었다. 그날은 남성이 강조되는 날, 자의식이 생기는 날, 기분이 상쾌해지는 날이었다. 일주일에 한 번 있는 날이었다. 월요일마다. 비누는 질이 나쁘고 물은 차고 면도날은 무뎠다. (면도날 위에 올라타고 브레슬라우까지도 갈 수 있겠군, 하고 리비히는 저주를 퍼부었다. 그는 언

제나 브레슬라우로 달려갔다. 전차 안의 여자에게도 갔다.) 면
도날은 그렇게 무뎠다. 그러나 이런 월요일은 일요일과 같
았다. 월요일이면 우리는 감시를 받으며 면도를 할 수 있었
으니까. 월요일엔 감방 문이 열리고, 밖에서 트루트너가 무
릎에 시계를 올려놓고 앉아 있었다. 시계는 두툼하고 시끄
럽고 낡아빠졌다. 트루트너는 하사였는데, 위가 안 좋고 쉰
네 살의 가장이고 세계대전 참전 용사였다. 그리고 잔인했
다. 인생에서 그의 역할은 바로 독종이었다. 물론 자기 자식
들에게는 잔인하지 않을 것이다. 하지만 우리에게는 독종이
었다. 아주 심한 독종. 웃기는 일이다. 월요일에 면도를 할
때면, 트루트너는 시계를 들고 감방 앞에 앉아 구두 굽으로
(물론 못을 박은 것이다) 프로이센 행진곡에 장단을 맞추었
다. 그 소리 때문에 우리는 면도날에 베이기 일쑤였다. 그도
그럴 것이 그가 구두 굽 장단을 매우 성급하게 두드려댔던
것이다. 그는 우리가 면도하는 것을 달가워하지 않았는데,
면도를 하면 기분이 상쾌해진다는 이유에서였다. 그는 위가
좋지 않은 데다 교도소에서 일하는 하사였다. 마음이 즐거
울 리가 없었다. 그 때문에 그는 우리가 면도를 하면 화를 냈
다. 그리고 역겨울 만큼 시끄러운 시계를 연신 들여다보면
서 성급한 장단으로 행진곡을 박자 맞춰 두드려댔다. 게다
가 그는 권총집을 열어놓고 있었다. 한 가정의 가장인 그가
권총집을 열어놓고 있었던 것이다. 아주 웃기는 일이었다.

물론 우리는 단 한 개의 거울도 없었다. 거울이 있으면, 그걸로 동맥을 자를 수도 있으니까. 그들은 우리에게 그것을 허락하지 않았다. 우리는 그렇게 은밀하고도 무해한 죽음을 감행할 수 없었다. 그 대신 우리 옷장에는 반질반질한 양철 조각이 하나 못에 박혀 걸려 있어서, 필요할 땐 그것을 들여다볼 수 있었다. 잘 보이지는 않았으나 간신히 보이기는 했다. 얼굴을 잘 볼 수 없다는 것은 좋은 일이었다. 별로 보고 싶지 않은 몰골이었으니까. 그 반질반질한 양철 조각은 우리 옷장에 못으로 걸려 있었다. 우리에게는 작은 옷장이 하나 있었던 것이다. 그 안에는 밥그릇이 네 개 들어 있었다. 알루미늄으로 된 것이었다. 찌그러지고 마구 낙서가 적힌 밥그릇들. 집 지키는 개를 떠오르게 했다. 그중 하나에는 '정말 비참하다' 그리고 '내일이면 열일곱 달째야'라고 씌어 있었다. 다른 그릇에는 X가 잔뜩 표시된 달력이 그려져 있었다. 그리고 그 위에 엘리자베트라는 이름이 씌어 있었다. 일곱 번 혹은 여덟 번. 내 밥그릇에는 '항상 수프야'라고만 씌어 있었다. 그것이 전부였다. 그래도 그것은 괜찮은 편이었다. 파울리네의 밥그릇에는 축 처진 젖가슴 두 개가 그려져 있었다. 파울리네가 수프를 먹을 때마다 축 처진 커다란 젖가슴이 이죽거리며 그를 바라보았다. 운명의 눈처럼. 불쌍한 파울리네. 그건 결코 그의 취향이 아니었다. 그는 그저 푸딩을 요리해주었을 뿐이다. 그것은 그에게 형벌이었다. 어

쩌면 그 때문에 그토록 야위었을 것이다. 어쩌면 그에겐 젖
가슴이 몹시 역겨웠을 것이다.

어제저녁 모차르트가 내게 자신의 파란 셔츠를 내던졌다.
난 더 이상 필요 없어. 그가 말했다. 그는 오늘 재판이 있었
다. 오늘 아침 그들이 그를 데려갔다. 내가 라디오 한 대를
훔쳤대. 모차르트는 그렇게 말했다. 나는 그의 파란 셔츠를
걸치고 양철 거울 앞에 서서 내 모습을 비춰보고 있었다. 파
울리네가 쳐다보았다. 나는 셔츠를 얻어 기뻤다. 내 옷은 이
를 잡다가 솔기가 다 터져버렸기 때문이다. 이제 나는 셔츠
한 벌이 다시 생겼다. 밝은 청색이 내게 잘 어울렸다. 파울리
네는 그렇게 말했다. 내 생각에도 그랬다. 청색은 내게 잘 어
울렸다. 다만 목깃을 채울 수가 없었다. 모차르트는 작고 연
약한 녀석이었다. 그의 목은 꼭 계집애 같았다. 내 목은 훨씬
두꺼웠다. (파울리네는 항상 그의 목이 계집애 같다고 했다.)
열어둬. 리비히가 창가에서 말했다. 그렇게 하면 너는 꼭 사
회주의자처럼 보여.

하지만 그러면 가슴에 난 털이 보여. 파울리네가 말했다.
그거 멋있네. 리비히가 응수하며 스피커에서 나는 목소리
쪽으로 시선을 고정했다.

모차르트는 실제로 지나치게 작고 연약했다. 그의 목은
꼭 계집애 같았다. (파울리네는 항상 그렇게 말했다.)

그때 헝가리 수프가 나왔다. 그것은 파프리카가 들어 있

는 그냥 뜨거운 물이었다. 그래도 그것을 먹으면 배 속이 부글거리며 뜨거워지면서 포만감을 느낄 수 있었다. 그것은 대단한 것이었다. 하지만 그 때문에 우리는 골백번은 변기통 위를 오르락내리락했다.

식사를 하고 있는데, 모차르트가 재판에서 돌아왔다. 재판은 네 시간이나 걸렸다. 그는 어딘가 당황한 모습이었다. 트루트너가 감방 문을 열고 그를 안으로 들여보냈다. 수갑도 풀지 않은 채였다. 우리는 어리둥절했다. 그래, 어떻게 됐어? 우리 셋은 동시에 물으며, 긴장한 나머지 숟가락을 다시 식탁에 내려놓았다. 목이 아프게 됐어. 모차르트는 그렇게 말하고 어딘가 당황한 표정을 지었다. 우리는 그가 하는 말을 이해할 수 없었다.

하사는 권총집을 열어놓고 있었다. 그는 감방 문에 거인처럼 우뚝 서 있었다. 그래 봐야 170센티미터였는데 말이다. 자, 자네 물건들을 챙기게, 모차르트. 모차르트는 물건들을 챙겼다. 비누 한 조각. 빗 한 개. 반으로 자른 수건. 편지 두통. 그것이 전부였다. 그는 매우 당황한 모습이었다.

동료들에게 자네 사정을 전부 털어놓게. 그들이 흥미로워할 거야. 모차르트는 깜짝 놀랐다. 그 말을 할 때, 트루트너는 아주 비열해 보였다. 물론 자기 집에서라면 그렇게 비열한 모습을 보이지 않을 것이다. 모차르트는 당황해했다.

나는 상사 제복을 착용했습니다. 모차르트가 아주 나지막하게 말하기 시작했다.

그런데? 트루트너가 거들었다.

그런데 나는 그저 고참 사수에 불과했죠.

계속해, 모차르트, 또 있잖아.

나는 철십자 훈장을 달고 다녔습니다.

그런데, 모차르트, 그럼에도 불구하고 ─

그런데 나는 그저 동부전선메달만 달 수 있었을 뿐입니다.

계속해, 모차르트, 똑똑히 말해봐.

나는 휴가 기간을 넘겼습니다.

그저 며칠뿐이었나. 아니지, 모차르트, 그저 며칠뿐이었어?

아닙니다, 하사님.

그러면, 모차르트, 그러면?

아홉 달을 넘겼습니다, 하사님.

그런 걸 뭐라고 하지, 모차르트? 휴가 기간을 넘겼다고 하나?

아닙니다.

그럼 뭐지?

탈영입니다, 하사님.

맞아, 모차르트, 바로 맞혔어. 그 밖에 또 할 말 없나?

나는 라디오를 몇 대 가지고 나왔습니다.

홈쳤지, 모차르트.

홈쳤습니다, 하사님.

몇 대? 응, 이 조그만 모차르트 놈아, 몇 대란 말이야? 말해봐. 네 동료들이 흥미로워해.

일곱 대입니다.

어디서? 모차르트.

침입했습니다.

일곱 번? 모차르트.

아닙니다, 하사님. 열한 번입니다.

어떻게 해서 열한 번이야? 모차르트. 차분하게, 똑똑히 말해봐.

열한 번 침입.

제대로 잘 말해봐, 모차르트. 그렇게 떨 거 없이 차근차근 말해보란 말이야. 그래서?

나는 열한 번 침입했습니다.

그래 좋아, 모차르트. 이제 제대로군. 그 밖엔 없다, 이거지, 모차르트. 그게 전부야?

아닙니다, 하사님.

더 있단 말이야, 모차르트? 더 있다고? 뭐야, 또?

노파를 —

어쨌어, 모차르트, 노파를 어쨌다는 거야?

노파를 밀쳤습니다.

밀쳤어, 모차르트?

때렸습니다.

아, 그래. 그래서? 그걸 네 동료들에게 말해주란 말이야. 다들 흥미로워하거든. 저들은 벌써 긴장한 나머지 찍소리 하나 없잖아. 아주 납작해졌군. 자, 꼬마 모차르트, 그래 그 노파가 어찌 되었나?

죽었습니다. 모차르트는 아주 낮은 목소리로 말했다. 목소리가 점점 기어 들어갔다. 그저 죽 ─ 었습니다 하는 소리만 새어 나왔다. 그는 매우 당황한 모습이었다. 그러고 나서 그는 하사를 바라보았다. 하사는 몸을 곧추세우며 말했다.

자네 물건은 다 챙겼나?

네.

뭐라고?

네, 하사님. 챙겼습니다.

그러면 자세를 바로 하라.

모차르트는 두 손을 바지 재봉선 옆으로 내렸다. 하사도 똑같은 자세를 취했다. 그런 다음 하사가 입을 열었다.

탈출을 하려고 할 땐 나로선 총기를 사용할 수밖에 없다는 것을 자네에게 주지하겠네. 그의 권총집은 벌써 열려 있었다. 바로 월요일에 면도를 할 때처럼. 자, 어서. 그가 명령했다. 모차르트는 우리에게 손을 내밀려고 했다. 그러나 그는 아주 당황해하고 있었다. 그는 원래 늘 당황해했다. 그는 작고 연약한 녀석이었다. 그의 목은 흡사 계집애 같았다. 그는 이따금 저녁에 노래를 불렀다. 어두워졌을 때 말이다. 날이 환할 때면 늘 아주 당황한 모습이었다. 그는 이발사였다. 손은 꼭 어린아이 같았고. 재즈 음악을 무척 좋아했다. 몇 시간씩 숟가락으로 밥그릇을 두드리며 재즈를 연주했다. 그래서 우리는 그를 모차르트라고 불렀다.

그는 감방 문에 서서, 몹시 당황했음에도 불구하고 우리에게로 몸을 돌렸다. 그의 계집애 같은 목이 어쩔 줄 몰라 붉게 물들어 있었다.

네 셔츠는. 내가 말했다.

내 셔츠? 그는 파프리카 수프에서 올라오는 김 사이로 우리에게 웃어 보였다. 목이 아프게 됐어. 그가 말했다. 그런 다음 그는 집게손가락으로 수의 목깃을 따라 죽 반원을 그렸다. 후두 부위에. 왼쪽에서 오른쪽으로. 그러자 트루트너가 문을 닫았다.

저녁에 우리가 변기통을 밖에 내놓았을 때, 하사는 우리의 점심 식사가 그 안에 쏟아져 있는 것을 보았다. 그는 그것을 이해할 수 없었다.

아마도 그녀는 장밋빛 속옷을 입었을 거야

그 둘은 다리 난간 위에 앉아 있었다. 그들의 바지는 얇았고 다리 난간은 얼음처럼 차가웠다. 하지만 익숙한 일이었다. 그렇게 앉아 있는 것이 고통스럽기는 했지만, 그들은 거기 앉아 있었다. 비가 오다가 오지 않다가 다시 왔다. 그들은 앉아서 사람들의 행렬을 지켜보았다. 전쟁 기간 내내 그들은 남자들만 보았으므로, 이제는 여자들만 보았다.

한 여자가 지나갔다.

멋진 발코니가 달렸네. 그 위에 앉아 커피를 마실 수도 있겠어. 팀이 말했다.

저렇게 오랫동안 햇볕 아래서 돌아다닌다면 우유가 쉬어 버릴걸. 다른 사내가 히죽거렸다.

그때 또 한 여자가 왔다.

석기 시대로군. 팀 옆의 사내가 체념하듯 말했다.

온통 거미줄투성이야. 그가 말했다.

이번에는 남자들이 왔다. 그들에 대해서는 아무런 논평도 달지 않았다. 금속 견습공, 피부가 하얀 사무원, 천재의 얼굴에 낡아빠진 바지를 입은 초등학교 교사, 다리통이 두꺼운 뚱뚱한 남자, 천식 환자, 하사관 걸음걸이의 전차 승무원 들.

그런 다음 그녀가 왔다. 그녀는 완전히 딴판이었다. 그녀에게서는 복숭아 냄새가 나는 느낌이었다. 아니면 아주 뽀얀 살 내음 같기도 했다. 틀림없이 그녀는 이름도 아주 특별할 것이다. 에벨리네, 뭐 그런 이름. 그녀가 지나갔다. 그들은 그 뒷모습을 바라보았다.

아마도 그녀는 장밋빛 속옷을 입었을 거야. 팀이 말했다.

왜? 다른 사내가 물었다.

분명해. 팀이 말했다. 저런 여자들은 대체로 장밋빛 속옷을 입는다네.

바보 같은 소리. 다른 사내가 말했다. 그녀는 파란색 속옷을 입었을 수도 있어.

그렇지 않을 거야. 이봐, 그렇지 않을 거라고. 저런 여자들은 장밋빛 속옷을 입는다니까. 난 그걸 정확하게 알고 있네, 이 친구야. 그렇게 말하는 팀의 목소리가 아주 높아졌다.

그러자 옆에 있던 사내가 말했다. 자네, 아는 여자라도 있나?

팀은 대답하지 않았다. 그들은 거기 앉아 있었고, 다리 난간의 얼음처럼 차가운 냉기가 얇은 바지를 통해 느껴졌다. 이윽고 팀이 말했다.

아니, 난 없어. 그러나 예전에 한 사내를 알고 지냈는데, 그

녀석에게 장밋빛 속옷을 입은 여자가 있었어. 군대에서의 일이지. 러시아에서 말일세. 녀석의 편지통 속에 장밋빛 천 조각이 들어 있었어. 그는 그걸 절대 보여주지 않았어. 그런데 어느 날 그게 땅바닥으로 떨어진 거야. 다들 그걸 보게 되었지. 녀석은 아무 말도 하지 않았다네. 그저 허겁지겁했을 뿐이지. 천 조각이었어. 장밋빛. 그날 저녁 녀석이 내게 말해주더군. 자기 신부한테서 받은 거라고 말이야. 부적이라고, 알겠나. 자기 신부는 오로지 장밋빛 속옷만 입는다고 그 녀석이 말했지. 그리고 그 부적은 그걸 자른 거였어.

팀은 이야기를 그쳤다.

그래서? 다른 사내가 물었다.

그러자 팀은 조용조용 말을 이었다. 내가 그걸 빼앗았어. 그리고 높이 쳐들었지. 우리는 모두 웃어댔어. 적어도 한 30분은 웃었을걸. 그때 우리가 뭐라고 지껄여댔을지는 자네도 상상할 수 있을 거야.

그래서? 팀 옆에 있던 사내가 계속해서 물었다.

팀은 자기 무릎을 내려다보았다. 녀석은 그걸 내던져버렸어. 팀이 말하면서 다른 사내를 쳐다보았다. 그래, 녀석은 그걸 내던져버렸어. 그러고 나서 그는 당한 거야. 그다음 날 바로 당한 거야.

그 둘은 아무 말도 하지 않았다. 거기 그렇게 앉아서 아무 말도 하지 않았다. 그러다 조금 후에 팀 옆의 사내가 입을 열었다. 바보 같은 소리. 그는 한 번 더 그 말을 반복했다. 바보 같은 소리야.

그래, 나도 알고 있네. 팀이 말했다. 물론 바보 같은 소리지. 그건 분명해. 나도 그걸 안단 말일세. 그는 계속 말했다. 그런데 웃기는 일이야. 안 그래? 웃기는 일이라고.

팀이 웃었다. 그 둘은 함께 웃었다. 팀은 바지 주머니 속에서 주먹을 쥐었다. 무언가를 주먹으로 꼭 쥐었다. 조그만 장밋빛 천 조각이었다. 오랫동안 주머니 속에 넣고 있었기 때문에 장밋빛이 거의 바랬다. 어쨌든 그것은 장밋빛이었다. 그는 그것을 러시아에서 가져왔던 것이다.

내 창백한 형제

이 눈(雪)처럼 하얀 것이 또 있으랴. 눈은 하얗다 못해 거의 푸른빛이었다. 푸른 초록빛. 그렇게 지독하게 하얗다. 이런 눈 앞에서는 태양도 감히 노란빛을 띨 엄두를 내지 못했다. 어느 일요일 아침도 이날처럼 깨끗했던 적은 일찍이 없었다. 다만 뒤켠에 검푸른 숲이 있었을 뿐이다. 그러나 눈은 짐승의 눈(眼)처럼 새롭고 깨끗했다. 어떤 눈도 이날의 일요일 아침처럼 하얀 적은 일찍이 없었다. 어떤 일요일 아침도 이처럼 깨끗했던 적은 일찍이 없었다. 세상이, 눈 덮인 일요일의 세상이 웃고 있었다.

그러나 어딘가에 얼룩이 보였다. 그것은 눈 속에 몸을 구부리고 배를 깔고 엎드린 채 누워 있는, 군복을 입은 한 사람이었다. 하나의 누더기 다발. 살갗과 뼈, 가죽과 천으로 된 누더기 다발이었다. 말라붙은 검붉은 피로 뒤범벅이 된 채. 머리카락은 생기가 없었다. 가발처럼. 몸을 구부리고 눈 속에서 마지막 비명을 질렀거나, 울부짖었거나, 어쩌면 기도를 올렸을 것이다. 한 명의 병사. 세상의 모든 일요일 아침

중에서 가장 깨끗한 아침에 내린, 일찍이 본 적 없는 하얀 눈속의 얼룩이었다. 피와 눈과 태양은 짙은 뉘앙스를 풍기는 정취 넘치는 전쟁화畵이자 수채화 물감을 위한 매혹적인 소재다. 따뜻한 김이 나는 피를 품고 있는 차갑고 차가운 눈. 그리고 그 모든 것 위에 떠 있는 사랑스러운 태양. 우리의 사랑스러운 태양. 이 세상의 모든 아이들이 말한다. 사랑스럽고 사랑스러운 태양아. 그 태양이 죽은 자를 비추고 있다. 그는 모든 죽은 꼭두각시들이 그렇듯이, 일찍이 한 번도 들어본 적 없는 비명을 내지른다. 소리 없는, 무시무시한 침묵의 비명! 우리 가운데 누가, 오 일어나라, 창백한 형제여, 우리 가운데 누가, 철삿줄이 끊어져 바보처럼 뒤틀린 채 무대 위를 나뒹굴며 질러대는 저 꼭두각시들의 소리 없는 비명을 견뎌낼 수 있을까? 누가, 오, 우리 가운데 누가 죽은 자들의 저 소리 없는 비명을 참아낼 수 있을까? 눈만이, 얼음처럼 찬 눈만이, 그것을 견뎌낸다. 그리고 태양, 우리의 사랑스러운 태양이 그것을 참아낸다.

뒤틀린 꼭두각시 앞에 아직 흠 없는 꼭두각시 하나가 서있었다. 아직 제대로 작동하고 있는 꼭두각시였다. 죽은 병사 앞에 살아 있는 병사가 하나 서 있었다. 깨끗한 일요일 아침, 일찍이 한 번도 본 적 없는 하얀 눈 속에 서 있는 자가 누워 있는 자에게 소름끼치도록 소리 없는 이야기를 하고 있었다.

그래. 그래, 그래. 그래, 그래, 그래. 이봐, 이제 자네의 좋은 기분도 끝났네. 자네의 그 한없이 좋은 기분 말이야. 이제 더 이상 말도 안 하는군, 그래? 이제 더 이상 웃지도 않는군, 그래? 자네 꼴이 지금 얼마나 비참해 보이는지 자네 여자들이 봐야 하는 건데 말이야. 자네의 좋은 기분이 사라지니 아주 비참해 보이기 짝이 없군. 게다가 이런 바보 같은 자세를 하고 있으니. 다리는 왜 그렇게 불안하게 배에 바짝 끌어당기고 있나? 아 그래, 창자에 한 방 맞았군. 피로 더럽혀졌어. 이봐, 영 역겨워 보이네. 군복이 온통 피로 얼룩졌단 말일세. 시커먼 잉크 얼룩이 묻은 것 같아 보여. 자네 여자들이 그 꼴을 보지 않아서 다행이야. 자넨 항상 군복을 입고 다녔지. 허리에 온갖 것을 주렁주렁 매달고 말이야. 하사가 되었을 때 자넨 에나멜 가죽구두만 신고 다녔지. 저녁에 시내로 나갈 때는 몇 시간씩 반들반들하게 광을 냈지. 그러나 이제 자네는 시내에 나갈 수가 없어. 자네 여자들은 이제 딴 놈들과 어울릴 거야. 그도 그럴 것이 이제 자네는 도무지 꼼짝할 수가 없으니 말이야. 내 말 알아듣겠나? 이봐, 더는 꼼짝할 수가 없다고. 이제 자네는 더 이상 그 한없이 좋은 기분으로 웃는 것조차 끝이네. 마치 자네는 하나 둘 셋도 셀 수 없을 것 같은 몰골로 누워 있군. 자넨 정말 그럴 수 없어. 셋까지도 셀 수 없단 말일세. 그건 바보 같잖아, 이보게, 너무 바보 같잖아. 하지만 그건 좋은 일이야, 아주 좋은 일이지. 왜냐하면 이젠 자네가 내게 '눈꺼풀이 처진 창백한 내 형제'라고 말하지 않을 테니까. 이봐, 자넨 이제 그러지 못해. 이제 더 이상 그러지 못한다고. 그리고 다른 사람들도 이제 그런 일로 자네를 칭송하지 않을 걸세. 자네가 '눈꺼풀이 처진 창백한 내 형제'라고 나를 놀릴 때, 다른 사람들이 나를 비웃는 일은 결코 없을 거네. 이건 아주 중요한 문제야, 알겠나? 내겐 이 문제가 퍽 중요한 일이라는 것을 자네에게 말할 수 있네. 학교 다닐 때부터 그놈들은 나를 괴롭혔거든. 이가 들끓듯이 내 주위에 둘러앉아 나를 놀려댔지. 내 눈에 조금 문제가 있어서 눈꺼풀이 처졌다는 이유로. 내 피부가 하얗다고, 치즈처럼 하얗다는 이유도 있었지. 우리 창백한 아이는 오늘도 몹시 피곤해 보인단 말이야. 그들은 항상 그렇게 말했다네. 여자애들은 언제나 내게 자느냐고 물었어. 한쪽 눈이 반쯤 감겨 있었거든. 졸고 있군, 그들은 내가 졸고 있다고 말했지. 자, 지금은 우리 둘 중에 누가 자고 있는지 묻고 싶은걸. 자네인가? 나인가? 자네와 나 어느 쪽인가? 우리 중에 누가 지금 '눈꺼풀이 처진 창백한 내 형제'인가? 어때? 이보게, 누구냔 말이야? 자넨가, 난가? 나일까?

그가 문을 닫으며 벙커로 들어서자, 구석에서 한 무리의 잿빛 얼굴들이 그에게로 다가왔다. 그중에는 상사도 있었다. 그를 찾으셨나요, 소위님? 그 잿빛 얼굴이 물었는데 그의 낯빛은 두려울 정도로 잿빛이었다.

그래, 전나무 옆에서. 배에 총을 맞았더군. 끌어내야겠지?

그래야죠. 전나무 옆이군요. 물론 그래야죠. 끌어내야죠. 전나무 옆이군요.

한 무리의 잿빛 얼굴들이 사라졌다. 소위는 양철 난로 옆에 앉아 이를 잡았다. 어제와 마찬가지로. 어제도 그는 이를 잡았다. 그때 대대로 한 명을 보내라는 명령을 받았다. 그중 적격인 사람은 소위, 그 자신이었다. 그는 옷을 입으며 귀를 기울였다. 총소리가 들렸다. 저렇게 쏘아댄 적은 일찍이 없었다. 신고병이 다시 문을 열었을 때, 그는 밤을 보았다. 저렇게 캄캄한 밤을 일찍이 본 적이 없었다. 헬러 하사가 노래를 불렀다. 그자는 쉴 새 없이 자기가 알고 있는 여자들 이야기를 늘어놓았다. 그자는 한없이 기분이 좋아져서 말했다. 소위님, 저라면 대대로 가지 않겠어요. 저라면 우선 식량부터 갑절로 신청하겠어요. 소위님 갈비뼈들로 실로폰 연주도 할 수 있겠어요. 소위님 몰골은 비참하기 짝이 없다고요. 그렇게 헬러는 말했다. 어둠 속에서 다들 입을 히죽거렸다. 대대로 한 명을 보내야 했다. 그때 그가 말했다. 자, 헬러, 자네의 그 좋은 기분을 조금만 가라앉히게. 헬러는, 물론입죠, 하고 대답했다. 그게 다였다. 더 이상 아무 말도 오가지 않았다. 그저, 물론입죠, 하고 말했을 뿐이다. 그러고 나서 헬러는 갔다. 그리고 그는 다시 돌아오지 않았다.

소위는 머리 위로 내복을 끌어올렸다. 밖에서 사람들이

돌아오는 소리가 들렸다. 다른 병사들이. 헬러를 데리고. 이제 더 이상 내게 '눈꺼풀이 처진 창백한 내 형제'라고 말하지 못하겠지. 소위가 중얼거렸다. 이제 더 이상 내게 그런 말을 하지 못할 거야.

이 한 마리가 그의 엄지손톱 사이에 끼었다. 톡 하고 누르는 소리가 났다. 이가 죽었다. 그의 이마에 작은 핏방울이 한 점 생겼다.

네 명의 병사

네 명의 병사. 그들은 나무와 굶주림과 흙으로 만들어졌다. 눈보라와 향수와 수염으로 만들어졌다. 네 명의 병사. 그들 머리 위로 수류탄이 울부짖으며, 독살스러운 새카만 주둥이로 흰 눈을 깨물었다. 나무통 같은 넷의 버림받은 얼굴이 요동하는 기름 불빛 속에 망연하게 서 있었다. 저 위에서 쇠붙이가 울부짖으며 터질 때에만 나무 머리통 중 누구 하나가 웃을 뿐이었다. 그러면 나머지는 뒤따라 잿빛 웃음을 히죽거렸다. 기름 불빛이 자지러들 듯 휘어졌다.

네 명의 병사.

그때 푸른색을 띤 붉은 수염 두 가닥이 구부러졌다. 이런 제길, 여기서는 봄에 밭을 갈 필요가 없겠어. 거름을 줄 필요도 없고. 땅에서 목쉰 소리가 났다.

한 병사가 능숙한 솜씨로 담배를 말아 들었다. 여기가 무밭은 아니었으면 좋겠어. 무는 죽어도 딱 질색이야. 하지만 예를 들어, 자네들 레드비트는 어떻게 생각하나? 끝도 없이 펼쳐진 레드비트 말이야?

시퍼런 입술이 일그러졌다. 지렁이라도 없으면 좋겠네. 지렁이가 있더라도 굳세게 적응해야지.

구석에 있는 병사가 말했다. 자네는 그에 관해 아무것도 아는 게 없잖아. 누가 그러던가? 담배를 말던 병사가 물었다. 응? 누가 그러더냐고?

그들은 침묵했다. 그때 저 위에서 분노한 죽음의 날카로운 외침이 밤의 적막을 깨뜨렸다. 죽음은 흰 눈을 검푸른색으로 찢어발겼다. 그러자 병사들이 다시 히죽거리며 머리 위의 대들보를 쳐다보았다. 그러나 대들보는 아무것도 약속하지 않았다.

그때 구석에서 가벼운 기침 소리가 들려왔다. 두고 보면 알게 될 거야. 내 말 믿으라고. '믿으라고' 하는 말소리가 새된 음성으로 나오는 바람에 기름 불빛이 순간 흔들렸다.

네 명의 병사. 그러나 한 병사는 아무 말이 없었다. 그는 엄지손가락을 총에 대고 만지작거렸다. 위로 아래로. 위로 아래로. 그러다가 총을 꽉 붙잡았다. 그러나 그가 이 총만큼 증오하는 것은 없었다. 그들 머리 위에서 울부짖는 소리가 울릴 때에만 그렇게 총을 꽉 붙잡았다. 기름 불빛이 그의 눈 속에서 자지러들 듯 휘어졌다. 그때 담배를 말던 병사가 그를 밀쳤다. 증오하는 총을 잡고 있던 작은 병사는 깜짝 놀라 입가에 덥수룩하게 난 창백한 수염을 쓰다듬었다. 그의 얼굴은 굶주림과 향수로 만들어졌다.

담배를 말던 병사가 말했다. 이봐, 그 침침한 기름불 좀 이리 줘. 물론이지. 키 작은 병사가 말했다. 그는 총을 무릎 사이에 세운 다음, 외투에서 손을 빼내 기름불을 그에게 건넸다. 그러나 그 순간 기름불이 손에서 떨어졌다. 불이 꺼졌다. 불이 꺼져버렸다.

네 명의 병사. 그들의 숨소리는 어둠 속에서 너무 크고 너무 고독했다. 그때 키 작은 병사가 큰 소리로 웃으며 손을 무릎에 비벼댔다.

이봐, 손이 떨리는걸! 자네들 봤지? 불이 내 손에서 미끄러져버렸어. 손이 떨려서 말이야.

키 작은 병사는 큰 소리로 웃었다. 그러나 어둠 속에서 그는 자신이 그렇게 증오하는 총을 꽉 붙잡았다. 구석에 있는 병사는 생각했다. 우리 중에 떨지 않는 사람은 아무도 없어, 아무도.

하지만 담배를 말던 병사가 말했다. 그래, 우린 하루 종일 떨고 있지. 추위 때문에. 이 빌어먹을 추위 때문에.

그때 그들 머리 위에서 쇠붙이가 울부짖으며 밤과 눈을 갈기갈기 찢어발겼다.

저것들이 무밭을 쑥대밭으로 만드는군. 시퍼런 입술을 한 병사가 히죽거렸다.

그들은 그 가증스러운 총을 꽉 붙잡고서 웃었다. 그렇게 어둡고 어두운 계곡을 비웃었다.

볼링 레인

> 우리는 볼링 하는 사람
> 그리고 우리 자신이 공이다.
> 그러나 우리는 또한 쓰러지는 핀이다.
> 천둥처럼 쿵쿵거리는 볼링 레인은
> 바로 우리의 심장이다.

두 사내가 땅에 구덩이를 팠다. 널찍한 데다가 꽤 아늑했다. 흡사 무덤 같았지만 참고 견뎠다.

사내들은 총 한 자루를 들고 있었다. 총은 누군가가 발명했는데, 사람을 쏘기 위해서였다. 대부분 일면식도 없는 사람들이었다. 말도 통하지 않는 사람들이었다. 그들은 총을 든 사람들에게 아무 짓도 하지 않았다. 그러나 총을 든 사람은 그들을 쏘아야 한다. 누군가가 그것을 명령했으므로. 그리고 누군가가 아주 많은 사람들을 쏴 죽일 수 있도록 1분에 60발 이상 발사되는 총을 발명했다. 그 대가로 그는 보상을 받았다.

두 사내로부터 약간 멀리 떨어진 곳에 또 다른 구덩이가 있었다. 거기에 머리 하나가 밖으로 튀어나와 있었다. 그것에는 향을 맡을 수 있는 코가 있었다. 도시를 바라보고 꽃을 감상할 수 있는 눈이 있었다. 빵을 먹을 수 있고 잉게 또는 어머니라고 부를 수 있는 입이 있었다. 총을 지급받은 두 명의 사내가 이 머리를 바라보았다.

발사. 한 사내가 말했다.

다른 사내가 총을 쐈다.

그러자 머리가 박살 났다. 그것은 더 이상 향을 맡을 수도, 도시를 바라볼 수도, 잉게를 부를 수도 없었다. 더 이상 그럴 수 없었다.

두 사내는 여러 달 동안 구덩이 안에 있었고 많은 머리를 박살 냈다. 그것들은 언제나 그들과 일면식도 없는 사람들의 것이었다. 그들에게 아무 짓도 하지 않고, 그들의 말을 알아듣지도 못하는 사람들이었다. 그러나 누군가가 1분에 60발 이상 발사되는 총을 발명했다. 누군가가 그것을 명령했다.

두 사내는 점점 더 많은 머리를 박살 냈고, 그 머리들로 커다란 산을 이룰 정도였다. 사내들이 잠을 잘 때면, 그 머리들이 구르기 시작했다. 흡사 볼링 레인 위에서처럼, 나지막한 천둥소리를 내며. 그 소리 때문에 두 사내는 잠에서 깼다.

하지만 그건 명령이었어. 한 사내가 속삭였다.

하지만 그건 우리가 한 짓이야. 다른 사내가 소리쳤다.

하지만 끔찍한 일이었어. 한 사내가 자조하듯 말했다.

하지만 이따금 재미있기도 했지. 다른 사내가 웃으며 말했다.

아니야. 속삭이듯 말하던 사내가 소리 질렀다.

아니긴 뭐가 아니야. 가끔 재미있었지. 다른 사내가 속삭였다. 정말이야, 정말로 재미있었어.

사내들은 몇 시간 동안 캄캄한 밤 속에 앉아 있었다. 그들은 잠들지 못했다. 그러다 한 사내가 입을 열었다.

하지만 신이 우리를 이렇게 만들었어.

하지만 신은 변명거리일 뿐이야. 신은 존재하지 않는다고. 다른 사내가 말했다.

신이 존재하지 않는다고? 첫번째 사내가 물었다.

그게 신 자신이 하는 유일한 변명이지. 두번째 사내가 대답했다.

하지만 우리는, 우리는 존재해. 첫번째 사내가 속삭였다.

그래, 우리는 존재하지. 다른 사내가 속삭였다.

아주 많은 머리를 박살 내라고 명령을 받은 두 사내가 잠들지 못하고 캄캄한 밤 속에 앉아 있었다. 머리들이 나지막한 천둥소리를 내고 있었기 때문이다.

이윽고 한 사내가 말했다. 그냥 이렇게 사는 거야

그래, 그냥 이렇게 사는 거야. 다른 사내가 말했다.

그때 누군가가 소리 질렀다. 기상, 다시 시작이다.

두 사내는 일어서서 총을 잡았다.

그리고 사람이 보이기만 하면 곧바로 총을 쐈다. 그들과는 일면식도 없는 사람이었다. 그들에게 아무 짓도 하지 않은 사람이었다. 그러나 그들은 그에게 총을 쐈다. 그러기 위해 누군가가 총을 발명했다. 그는 그 대가로 보상을 받았다. 그리고 누군가, 누군가가 그것을 명령했다.

뭐라고 말할 수 없는 커피 맛

그들은 의자 위에 매달려 있었다. 그들은 탁자 위에 대롱
대롱 매달려 있었다. 끔찍한 피곤에 의해 매달려 있었다. 그
렇게 피곤한데도 잠은 오지 않았다. 그것은 세상에 대해 더
이상 기대할 것 없는 피곤이었다. 기껏해야 한 대의 기차나
기다릴 뿐. 대합실에서. 그들은 거기서 의자와 탁자 위에 매
달려 있었다. 그들은 옷과 살갗을 뒤집어쓴 채로 그런 것이
아주 귀찮다는 듯이 매달려 있었다. 옷이 그리고 살갗이. 그
들은 유령이었는데, 바로 이 살갗으로 분장을 하고 오랫동
안 인간 행세를 해온 것이다. 그들은 막대기에 매달린 허수
아비처럼 자신들의 해골에 매달려 있었다. 자기 뇌의 조롱
을 받으며 자기 심장의 고통을 느끼며, 삶에 의해 매달려 있
었다. 바람이란 바람이 그들을 데리고 놀았다. 그들을 데리
고 놀았다. 그들은 삶을 뒤집어쓴 채 매달려 있었고, 얼굴 없
는 신에 의해 매달려 있었다. 선하지도 악하지도 않은 신에
의해. 신은 그저 존재할 뿐, 그 이상은 아니었다. 그것만으
로도 대단한 것이었다. 그러나 그것은 너무 보잘것없는 것

이었다. 신이 그들을 삶에 매달았으므로 그들은 잠시 거기서 시계추처럼 흔들렸다. 보이지 않는 종탑 안에서 나지막이 소리 내는 종처럼, 바람에 부푼 허수아비처럼. 자기 자신에게, 이음매를 찾아볼 수 없는 살갗에 내맡겨진 채. 의자에, 막대기에, 탁자에, 교수대에, 헤아릴 길 없는 나락 위에 매달려 있었다. 그리고 아무도 그들의 희미한 아우성을 알아채지 못했다. 왜냐하면 신은 얼굴이 없었기 때문이다. 따라서 그 신은 귀도 없었다. 신에게 귀가 없다는 것, 그들에게 그것은 가장 커다란 버림받음이었다. 신은 단지 그들을 숨쉬게 할 뿐이었다. 끔찍하고 어마어마하다. 그리하여 그들은 숨 쉬었다. 거칠게, 탐욕스럽게, 걸신들린 듯. 하지만 고독했다. 희미할 뿐, 고독했다. 그도 그럴 것이 그들의 외침, 그들의 끔찍한 비명은 탁자에 함께 앉아 있는 옆 사람에게도 들리지 않았기 때문이다. 귀 없는 신에게도 들리지 않았다. 탁자에 함께 앉은 바로 옆 사람에게도 들리지 않았다. 바로 옆에 있는, 같은 탁자에 앉은 사람에게도.

네 사람이 탁자에 앉아 기차를 기다리고 있었다. 그들은 서로를 알아볼 수 없었다. 하얀 얼굴들 사이로 안개가 떠다녔다. 밤공기, 커피에서 피어오르는 김, 담배 연기로 이루어진 안개. 커피의 김은 악취를 풍겼고 담배 냄새는 달콤했다. 밤공기에는 가난과 향수와 늙은 남자들의 숨결이 뒤섞여 있었다. 그리고 아직 앳된 처녀들의 숨결도. 밤공기는 차고 축축했다. 불안할 때 흘리는 식은땀처럼. 남자 셋이 탁자에 앉아 있었다. 그리고 젊은 여자. 그렇게 네 사람이었다. 젊은 여자는 커피 잔을 들여다보고 있었다. 한 남자는 회색 종이에 글을 쓰고 있었다. 아주 짧은 손가락을 가진 남자였다. 다른 남자는 책을 읽고 있었다. 세번째 남자는 다른 사람들을 쳐다보고 있었다. 한 사람씩 차례차례. 그는 즐거운 표정을 짓고 있었다. 젊은 여자는 커피 잔을 들여다보고 있었다.

그때 아주 짧은 손가락을 가진 남자가 다섯 잔째 커피를 받았다. 구역질이 날 것 같군, 이놈의 커피. 그는 그렇게 말하면서 잠시 고개를 들어 쳐다봤다. 뭐라고 말할 수 없는 커피 맛이군. 희한한 음료야. 그러고 나서 그는 다시 글을 써나갔다. 그때 갑자기 무슨 생각이 떠올랐는지 다시 고개를 들어 쳐다봤다. 커피가 다 식게 됐네요. 그가 젊은 여자에게 말했다. 커피는 식으면 맛이 없어요. 희한한 음료죠. 뜨거울 때 마셔야 제 맛이 나는 법이에요. 그러나 딱히 무슨 맛이라고 말할 수는 없어요. 무슨 ─ 맛이라고 ─ 말할 ─ 수는 ─ 없다고요! 아무래도 괜찮아요. 젊은 여자가 손가락이 짧은 남자에게 그렇게 대꾸했다. 그는 문득 글쓰기를 그쳤다. 그녀가 그런 식으로 말했기 때문이다, 아무래도 괜찮다고. 그는 그녀를 바라보았다. 난 커피와 함께 약을 먹을 거예요. 커피가 식은 것은 아무래도 괜찮죠. 그녀가 당황한 표정으로 말하며 커피 잔을 들여다보았다. 머리가 아파요? 그가 그녀에게 물었다. 아뇨. 그녀가 다시 당황한 빛으로 커피 잔을 들여다보았다. 그녀가 오래도록 커피 잔을 들여다보고 있자 손가락이 짧은 남자가 연필을 북 치듯 두드리기 시작했다. 그러자 그녀가 그를 바라보았다. 나는 목숨을 끊어야 해요. 두통은 없어요. 목숨을 끊어야 해요. 그녀는 목숨을 끊어야 한다는 말을 마치 11시 기차를 타야 한다는 것처럼 내뱉었다. 그러고는 커피 잔을 들여다보았다.

세 명의 남자가 모두 젊은 여자를 바라보았다. 책을 읽고 있던 남자와 즐거운 표정의 남자도. 굉장하군. 정말 미친 여자야, 완전히 미친 여자. 즐거운 표정의 남자가 생각했다. 웃기는 일이군요. 손가락이 짧은 남자가 말했다. 그녀가 스스로 목숨을 끊겠다고 해서요? 책을 읽고 있던 남자가 흥미롭다는 듯 탁자 위로 몸을 숙이며 물었다. 아니오, 그녀가 그런 말을 그런 식으로 말했기 때문이죠. 그저 '떠난다'거나 '정거장'이라고 말하듯 말입니다. 다른 남자가 대답했다. 그게 어때서요? 책을 읽고 있던 남자가 말했다. 그녀는 자기 생각을 말했을 뿐인데요. 그건 하나도 우스운 일이 아니죠. 오히려 아주 멋진 일이라고도 할 수 있어요. 나는 그게 아주 근사하다고 생각해요. 젊은 여자는 당황한 얼굴로 커피 잔을 들여다보고 있었다. 근사하다고요? 손가락이 짧은 남자가 흥분해서 일그러진 물고기 입 같은 표정을 하며 말했다. 그게 정말 근사하다고 생각하세요? 글쎄요, 잘 모르겠네요. 난 그렇다고 생각해요! 이봐요. 만약 내가 머릿속에 생각하고 있는 것을 그저 그렇게 말해버린다면 어떨 것 같아요? 어떨 것 같으세요? 예를 들어볼까요? 나는 오늘 밤 여기서 빵 5,000개를 받기로 했어요. 그런데 겨우 200개뿐이고 4,800개가 부족하다고요. 이제 계산을 해봐야 해요. 그는 물고기 입을 하고서 서류철을 높이 들더니 그것을 다시 탁자 위로 내던졌다. 지금 당신은 내가 무슨 생각을 하는지 아시겠어요? 젊은 여자는 여전히 커피 잔을 들여다보고 있었다. 즐거운 얼굴을 한 남자가 입을 씰룩거리더니 이내 잠잠해졌다. 책을 든 남자가 입을 열었다. 그래서요? 이봐요, 내가 말하리다. 내가 당신에게 말하리다. 나는 4,800가구의 가정이 내일 아침 빵을 얻지 못한다는 생각을 하고 있답니다. 내일 아침에 4,800가구가 빵을 얻지 못한단 말이에요. 내일이면 4,800명의 아이들이 굶는다고요. 그 아버지들도, 어머니들도 물론이고요. 하지만 그들은 아직 그것을 모르고 있어요. 아이들, 원참, 4,800명의 아이들은요. 그들은 이제 내일 먹을 빵이 없어요. 이봐요, 나는 그 생각을 해요, 선생, 난 그 생각을 하며 여기 앉아서 글을 쓰고 또 뭐라고 말할 수 없는 이 커피를 마시고 있지요. 그러면서 또 그 생각을 하고. 그런데 내가 이런 내 생각을 그저 그렇게 말해버린다면 어떻겠어요? 네? 누가 그걸 참을 수 있겠어요, 어떻게요? 사람들이 생각하는 걸 모두 그런 식으로 말해버린다면 어떤 사람도 참고 견딜 수 없을 겁니다. 그는 물고기 입을 하고서 이마에 핏대를 세웠다.
온통 주름으로 가득한 이마는 흡사 가시철조망 같았다.

젊은 여자는 커피 잔을 들여다보고 있었다. 저 안에 빠져
죽기라도 하겠군. 책을 보고 있던 남자는 그렇게 생각했다.
그때 갑자기 빠져 죽기에는 커피 잔이 너무 작다는 생각이
들어 이렇게 말했다. 이 커피는 별로 즐길 만한 것이 못 되는
군요. 그때 즐거운 표정을 한 남자가 손바닥으로 찰싹 소리
를 내며 탁자 위를 때렸다. 저 여자는 미쳤어. 그가 말했다.
씰룩거리던 얼굴이 자신도 모르는 새 아주 즐거운 표정으로
바뀌었다. 그는 꿀꺽꿀꺽 커피를 한입에 들이마셨다. 저 여
자는 미쳤다니까. 그는 커피를 한입에 마시느라 숨을 헐떡
이며 중얼거렸다. 저 여자는 그냥 때려죽여야 해요, 미쳤으
니 말입니다. 아니, 여기 좀 봐요. 당신은 아주 철딱서니가
없군요! 빵 장수가 소리 질렀다. 성령강림절 같은 얼굴을 하
고 때려죽인다는 말을 하는군요. 당신 앞에선 몸조심을 해
야겠어요. 성령강림절 같은 얼굴을 하고 그런 말을 하다니
요. 그때 책을 보던 남자가 꽤 열심히 웃고 있었다. 절대로,
절대로 안 되죠. 그가 말했다. 그것은 이원론이에요. 아시겠
어요? 전형적인 이원론이란 말입니다. 우리는 모두 우리 안
에 예수와 네로가 함께 있어요. 아시겠어요? 우리 모두가 말
입니다. 그는 얼굴을 찡그리며 턱과 아랫입술을 삐죽 내밀
고 눈을 가늘게 뜨고 콧구멍을 벌렁거렸다. 네로 말이오. 그

는 똑똑히 말했다. 그러더니 부드럽고 감상적인 표정을 하고 머리카락을 매끄럽게 쓰다듬으며 개처럼 충성스러운 눈빛을 했다. 위험하지는 않으나 어딘가 지루해 보이는 눈으로 그는 덧붙여 말했다. 예수하고요. 아시겠어요? 우리 모두가 말입니다. 전형적인 이원론이죠. 한쪽엔 예수, 한쪽엔 네로. 그는 번개같이 두 인물의 표정을 번갈아 지어 보이려고 했으나 실패했다. 아마도 커피 맛이 아주 형편없었던 것 같다.

네로가 누구죠? 즐거운 표정을 하고 있던 남자가 바보 같은 얼굴로 말했다. 아, 이름은 전혀 중요하지 않아요. 네로는 당신이나 나 같은 사람에 불과합니다. 다만 그는 자신이 한 짓에 대해 벌을 받지 않았어요. 그 자신도 그것을 잘 알았어요. 그는 인간이 할 수 있는 건 뭐든지 다 했어요. 그가 우편배달부나 목수였다면 아마 교수형에 처해졌을 겁니다. 그러나 그는 우연히도 황제였고, 그래서 하고 싶은 일은 뭐든 다 했어요. 하고 싶은 일은 뭐든 말이오. 그게 바로 네로입니다. 그렇다면 당신 말은 내가 그 네로라는 건가요? 즐거운 얼굴의 남자가 물었다. 반반이에요, 선생. 또 당신은 분명히 예수일 수도 있습니다. 하지만 당신이 저 젊은 여자를 때려죽이려고 한다면, 그때 당신은 네로지요. 이봐요, 그럴 때 당신은 네로가 분명하다고요. 아시겠어요?

마치 명령에 따르듯 세 명의 남자가 잔을 들어 커피를 마시고는 고개를 빼들고 천장을 바라보았다. 그러나 저 위에

는 아무것도 눈에 띄지 않았다. 그들은 다시 땅을 내려다봤
다. 빵 장수는 열일곱번째, 열여덟번째로 중얼거리고 있었
다. 이 커피는 딱히 무슨 맛이라고 말할 수 없어요. 무슨—
맛이라고— 말할— 수— 없다고. 성령강림절 얼굴을 한
남자가 입술을 닦더니 버럭 소리를 질렀다. 당신도 미쳤어
요. 당신들 모두 미쳤다고. 대체 왜 내가 네로란 말이오. 아
무도 아니라고. 아무도. 나는 전쟁에서 돌아와 집으로 가고
싶을 뿐이오. 집에서 아침마다 부모님과 함께 발코니에 앉
아 커피를 마시고 싶어요. 전쟁 내내 내가 바라던 것이 그것
이오. 아침마다 발코니에 앉아 부모님과 함께 커피를 마시
는 것 말이오. 이봐요, 난 지금 집으로 돌아가는 중이오. 그
런데 저 미친 여자가 와서 목숨을 끊어야 한다고 쉽게 말하
는 거예요. 스스로 목숨을 끊고 싶다고, 그렇게 쉽게 말한다
면 그걸 참고 견딜 사람은 아무도 없을 거요.

　그렇게 군인이 말했다. 그러자 빵 장수가 도저히 뭐라 말
할 수 없는 자기 커피에서 눈을 치뜨고 어쩔 줄 모르는 몸짓
으로 입을 열었다. 그건 내가 할 소리요, 그게 줄곧 내가 하
려던 소리라고요. 빵 얘기도 똑같아요. 내가 그 이야기를 큰
소리로 나팔 불 듯 떠들어댄다면 어떻겠어요? 네? 내일 아
침 4,800명의 아이들이 빵을 얻을 수 없다고 말이에요, 네?
그러면 당신들은 어떨 것 같으냐고요, 네? 대체 누가 그런
이야기를 참을 수 있단 말이죠? 이봐요, 요즘 그런 것을 참

을 사람은 아무도 없어요. 그러더니 그는 책을 든 남자를 쳐
다보았다. 전쟁에서 돌아온 즐거운 얼굴의 젊은이 또한 그
를 바라보았다.

그때 책을 든 남자가 일어섰다. 새끼손가락으로 탁자 위
에 있는 빵 부스러기를 튕기며 입을 열었다. 내 생각에 당신
은 너무 물질주의적이에요. 그는 쓸쓸하게 말했다. 당신은
전쟁터에서 집으로 돌아가고 있어요. 발코니에 앉아 커피를
마시고 싶어서요. 그리고 당신, 당신은 빵을 팔고 있어요. 당
신은 아이들의 숫자와 빵 숫자를 함께 계산하고 있습니다.
제기랄, 당신이 이 둘을 따로 떼어 생각할 능력이 있는지 누
가 압니까. 당신이 탄약도 그런 식으로 계산하는 것은 아닌
지 누가 압니까. 두당 30발씩. 전쟁 중에는 항상 그랬지요.
두당 30발씩. 자, 지금은 빵이군요. 맙소사, 지금은 우연히
빵이란 말입니다. 그러더니 그는 쓸쓸하게 말했다. 자, 안녕
히 계세요. 내 생각에 당신들은 그저 물질주의적이에요. 그
뿐, 그 이상은 아니에요. 그저 물질주의적이라고요. 안녕히
계세요.

그때 빵 장수가 그를 불렀다. 당신은 배고파본 적이 있습
니까, 잘난 양반? 내 빵이 없으면 당신은 책을 읽을 수 없을
거요. 내 이야기를 꼭 해야겠소, 빵이 없으면 책을 읽을 수
없다고요, 잘난 양반! 그리고 탄약이 없어도 일이 안 되오.
탄약 없이는 아무 일도 안 된단 말이오, 잘난 양반! 그러면

서 그는 군인을 쳐다보았다. 군인도 이제 책을 든 남자를 쏘아보았다. 그러더니 그의 안색을 살피려고 고개를 숙였다. 네로 같아. 책을 든 남자는 그렇게 생각하면서 상대를 바라보았다. 영락없이 네로 같아. 군인 네로가 그에게 소리 질렀다. 도대체 당신은 전쟁을 겪어보기나 했소? 한 번이라도 전쟁을 겪어봤냐고? 한 번이라도 전쟁을 겪어보면, 오로지 당신은 발코니에 앉아 커피를 마시는 것 말고는 아무것도 원하지 않을 거요. 내가 분명히 말해두는데, 당신은 그것 외에는 아무것도 원하지 않을 거요, 선생.

책을 든 남자가 두 남자를 바라보았다. 그는 책으로 쓸쓸하게 입술을 두드렸다. 그러고는 선 채로 커피 잔을 비웠다. 다른 두 남자도 커피를 마셨다. 거참, 뭐라고 딱히 말할 수 없는 맛이로군. 빵 장수가 고개를 흔들며 말했다. 마치 삶처럼 말이지요. 책을 든 남자가 그렇게 응수하며 그 쪽으로 다정하게 몸을 숙였다. 빵 장수도 다정하게 몸을 숙였다. 그들은 자신들의 말싸움에 대해 아주 예의 바르게 웃음을 나누었다. 다들 세상물정에 밝은 사람들이었다. 책을 든 남자는 자신이 승자라고 생각했다. 그래서 그는 슬그머니 웃으려 했다.

그러나 그때 그는 끔찍한 비명을 내지르려 입을 크게 벌렸다. 하지만 그는 소리를 지르지는 않았다. 너무 끔찍한 비명이라 소리를 내지르지 못한 것이다. 비명은 책을 든 남자의 몸속 깊이 그대로 머물러 있었다. 그저 숨을 내보내기 위해 입만 크게 벌린 채였다. 책을 든 남자는 젊은 여자가 앉아 있던 네번째 의자를 쏘아보았다. 의자는 비어 있었다. 젊은 여자는 떠나버렸다. 이제 세 명의 남자가 탁자 위에 놓인 작은 유리병을 들여다보고 있었다. 텅 비어 있었다. 그 젊은 여자는 떠나버렸다. 의자. 작은 유리병. 커피 잔. 텅 비어 있었다. 아주 조용히, 홀연히 비워져 있었다.

배가 고팠던 게 아닐까요? 마침내 빵 장수가 다른 남자들에게 물었다. 그녀는 미쳤어요. 군인이 즐거운 표정으로 말했다. 제가 말했잖아요, 그녀는 미쳤다고. 거 봐요. 군인이 책을 든 남자에게 말했다. 자, 이리 와서 다시 앉으시죠. 그녀는 미친 게 틀림없어요. 책을 든 남자가 천천히 앉으며 입을 열었다. 어쩌면 외로웠던 게 아닐까요? 확실히 그녀는 너무 외로웠을 거예요. 외로웠다고요? 빵 장수가 빈정거렸다. 대관절 어째서 외롭다는 거요? 우리가 여기 있었는데. 우리가 죽 여기 있었다고요. 우리요? 책을 든 남자가 이렇게 물으며 빈 커피 잔을 들여다보았다. 잔 속에서 한 젊은 여자가 그를 마주 보고 있었다. 그러나 그는 그녀가 누구인지 더 이상 알아볼 수 없었다.

밤공기가 역사 안을 스쳐 떠돌았다. 안개와 가난, 사람들의 숨결로 이루어진 밤공기. 그것은 딱히 뭐라고 말할 수 없는 맛의 커피처럼 진했다. 차고 축축했다. 불안할 때 나는 식은땀처럼. 책을 든 남자가 눈을 감았다. 이놈의 커피, 끔찍하군. 그는 빵 장수가 말하는 것을 들었다. 그렇군요, 그래요. 그는 천천히 고개를 끄덕였다. 당신 말이 맞아요. 아주 끔찍해요. 이래도 끔찍하고 저래도 끔찍해요. 군인이 말했다. 달리 또 뭐가 있겠습니까? 그래도 뜨거운 게 중요해요.

그는 유리병을 탁자 위로 굴렸다. 유리병이 아래로 떨어졌다. 그리고 깨졌다. (그런데 신은? 신은 그 작고 추한 소음을 듣지 못했다. 깨진 것이 작은 유리병이든 혹은 심장이든. 신은 그 모든 소리를 전혀 듣지 않았다. 신에게는 귀가 없으니까. 그랬다. 신은 확실히 귀가 없었다.)

지나가 버렸네

　이따금 그는 자기 자신과 맞닥뜨렸다. 그는 부드러운 걸음걸이로 어깨를 비스듬하게 하고 자기 자신에게 다가갔다. 그의 머리는 지나치게 길어서 귀를 덮을 지경이었다. 그는 힘주어 꽉 잡지는 않고 악수를 청했다. 그리고 말을 걸었다. 안녕.

　안녕. 넌 누구니?

　너.

　나 말이야?

　그래.

　그런 다음 그는 자기 자신에게 물었다. 넌 왜 이따금 비명을 지르지?

　짐승이 그러는 거야.

　짐승이라고?

　굶주림이라는 짐승.

　그런 다음 그는 물었다. 넌 왜 그렇게 자주 울지?

　짐승이야! 짐승이라니까!

짐승?

향수라는 짐승. 그 짐승이 우는 거야. 굶주림이라는 짐승, 그 짐승이 비명을 지르는 거야. 그리고 나라는 짐승 — 그건 달아나지.

어디로?

허무 속으로. 달아날 골짜기가 없어. 도처에서 나는 나 자신을 만나거든. 주로 밤에. 하지만 점점 더 멀리 달아나지. 사랑이라는 짐승이 나를 붙잡지만, 불안이라는 짐승이 창문 앞에서 짖어대고 그 뒤에는 여자와 침대가 있어. 문고리가 껄껄대고 웃는 소리가 나면 나는 달아나지. 그리고 나는 언제나 나를 뒤쫓고 있어. 배 속에는 굶주림이라는 짐승이 있고 마음속에는 향수라는 짐승이 있지. 그러나 달아날 골짜기라고는 없군. 언제나 나는 나 자신과 만나게 돼. 도처에서. 거기서 벗어날 수가 없어.

이따금 그는 자기 자신과 맞닥뜨렸다. 하지만 그때 그는 다시 달아났다. 창문 아래로 휘파람을 불며 지나갔고 대문을 따라 헛기침을 했다. 그리고 이따금 마음이, 손길이 그의 하룻밤을 붙잡았다. 혹은 여자의 어깨에서, 가슴에서 미끄러져 흘러내린 속옷 하나가 그를 붙잡았다. 이따금 여자가 하룻밤 그를 붙잡았다. 그러면 그는 키스와 키스 사이에서 바로 자기 자신인 다른 존재를 까맣게 잊어버렸다. 여자가 온통 그를 위해 존재할 때면 그랬다. 그리고 웃었다. 그리고 괴로워했다. 긴 머리카락에 밝은 색 혹은 밝은 색 바탕에 꽃무늬가 그려진 속옷을 입은 여자가 곁에 있다는 것은 즐거운 일이었다. 그리고 그녀가 립스틱이라도 하나 있다면 그것은 즐거운 일이었다. 그러면 좀더 다채로워졌으니까. 어두울 때 더욱 좋았다. 여자가 곁에 있으면 그 어둠은 그리 크지 않았다. 그러면 어둠이 그리 차갑지 않았다. 그리고 립스틱은 그녀의 입에 작은 난로를 그렸다. 그 난로는 불타올랐다. 어둠 속에서 그것은 좋은 일이었다. 속옷은 아쉽지만 보이지 않았다. 그러나 곁에 난로 하나를 두고 있었다.

그는 한 여자를 알고 있었다. 그녀의 살갗은 여름날 들장미 열매 같은 구릿빛이었다. 머리카락은 집시처럼 검다기보다 오히려 푸른빛이었다. 흡사 숲처럼 엉클어져 있었다. 팔에는 병아리 털 같은 밝은 솜털이 송송 돋아나 있고, 목소리는 항구의 처녀들처럼 빈정거리는 투였다. 게다가 그녀는 아무것도 몰랐다. 이름은 카린이었다.

다른 여자의 이름은 알리였다. 그녀의 버터 빛깔 금발은 바닷가 모래처럼 밝았다. 웃을 때면 코를 심하게 찡그렸고 잘 깨물었다. 그러다 한 사내가 나타나 그녀의 남편이 되었다.

어느 문 앞에 한 사내가 점점 더 몸을 움츠리며 서 있었다. 늙고 수척한 그 사내는 말했다. 괜찮단다, 얘야. 나중에야 그는 그 사내가 자기 아버지임을 알았다.

북 치는 사람처럼 다리를 안절부절못하는 여자의 이름은

카롤라였다. 비쩍 마른 노루 다리에 신경질적이었다. 눈이 아주 매력적이었고, 앞니가 조금 벌어져 있었다. 그런 그녀를 그는 알고 있었다.

그리고 그 늙은 사내는 밤이면 이따금 이렇게 말했다. 괜찮단다, 애야.

그와 함께 지냈던 한 여자는 엉덩이가 펑퍼짐했다. 그녀에게서는 우유 냄새가 났다. 이름이 고왔는데 그는 그녀의 이름을 잊어버렸다. 지나가 버렸다. 아침이면 이따금 노랑멧새들이 푸드덕거리며 놀라 지저귀었다 — 그러나 그의 어머니는 멀리 가버렸고, 늙고 수척한 그 사내는 아무 말도 하지 않았다. 왜냐하면 아무도 지나가는 사람이 없었기 때문이다.

그의 아래로 다리들이 저 혼자 지나갔다. 지나갔다.

노랑멧새들은 아침에 벌써 알고 있었다. 지나갔네. 지나가 버렸네.

전신줄 또한 윙윙거렸다. 지나간다. 지나간다. 늙은 사내는 더 이상 아무 말도 하지 않았다. 지나가 버렸네. 지나가 버렸네.

여자들은 저녁때면 그리움에 사무치는 살갗에 손을 얹었다. 지나갔네. 지나갔네.

다리들이 저 혼자 걸었다. 지나갔네. 지나갔네.

언젠가 우리에겐 형제가 한 명 있었다. 우리와는 친구였

다. 그러나 쇳조각 하나가 심술궂은 한 마리 곤충처럼 윙윙
거리는 소리를 내며 공기를 뚫고 그에게로 날아왔다. 전쟁
이었다. 쇳조각은 빗방울처럼 사람의 살갗을 때렸다. 거기
서 피가 양귀비꽃처럼 눈 속에서 피어올랐다. 하늘은 온통
청금석빛이었지만 비명을 받아들이지 않았다. 그가 지른 마
지막 비명은 조국이 아니었다. 그것은 어머니도 아니었고
신도 아니었다. 마지막으로 내지른 비명은 시큼하고 아린
식초였다. 그저 나지막이, 식초. 바로 그것이 그의 입으로 다
가왔다. 영원히. 지나가 버렸다.

  늙고 수척한 노인. 그의 아버지는 더 이상 괜찮단다, 얘야
하고 말하지 않았다. 더 이상. 모든 것이, 이제 모든 것이 지
나가 버렸다.

민들레

문이 내 뒤에서 닫혔다. 문이 뒤에서 닫히는 것은 자주 있는 일이고, 그리하여 우리는 아주 잠기는 일 또한 상상할 수 있다. 예컨대 집의 문이 잠기면, 우리는 집 안에 있거나 밖에 있게 된다. 집의 문도 그렇게 최종적이고 걸어 닫고 넘겨주는 일을 한다. 그런데 이제 내 뒤에서 문이 밀려 닫혔다. 그래, 그것은 엄청나게 두꺼운 문이어서 단번에 쾅 하고 닫아버릴 수 없다. 432라는 번호가 붙어 있는 빌어먹을 문. 번호가 붙고 얇은 철판이 박혀 있다는 점이 그 문의 특징이다. 아주 기세등등하고 접근을 불허하는 모습이다. 그도 그럴 것이 그 문은 무엇에도 꿈쩍하지 않고 간절한 기도에도 꼼짝 달싹하지 않으니 말이다.

이제 나는 나 자신이라는 존재와 홀로 남겨졌다. 아니, 홀로 남겨진 것은 아니다. 내가 가장 두려워하는 존재, 바로 나 자신과 함께 유폐되어 있다.

너는 전적으로 네 자신에게 내맡겨진다는 게 어떤 건지 아는가? 네가 오직 네 자신과 홀로 남게 되는 것, 네 자신에

게 넘겨진다는 것 말이다. 그것이 가장 끔찍한 일이라고는
말할 수 없다. 그러나 그것은 우리가 이 세상에서 겪을 수 있
는 가장 끔찍한 모험 가운데 하나라고 말할 수는 있다. 여기
432호실에서처럼 자기 자신과 만난다는 것 말이다. 맨몸으
로, 의지할 곳 하나 없이, 오직 자기 자신에게만 집중하면서,
꾸밀 수도, 딴생각할 수도 없고, 어떤 행동의 가능성도 배제
된 생활. 그것은 가장 보잘것없는 일이 아닐 수 없다. 어떤
행동 가능성이 일절 없는 것 말이다. 마시거나 깨뜨릴 병도
없고, 목매달 손수건이나 동맥을 절단할 칼도 없으며, 글을
쓸 펜 한 자루도 없다. 오직 자기 자신밖에는.

    아무 장식도 없는 사방의 벽으로 된 텅 빈 공간에서 그것
은 터무니없이 모자라다. 거미보다도 가진 게 적다. 꽁무니
에서 실을 밀어내 거미줄을 엮고, 거기에 매달려 떨어질 듯
목숨을 부지하는 거미보다도 말이다. 우리가 추락할 때 어
떤 실이 우리를 붙잡아줄까?

    우리 자신의 힘? 아니면 신이 우리를 붙잡아줄까? 신 ——
그것은 나무를 자라게 하고 새를 날게 하는 힘일까? 신이 바
로 생명일까? 그렇다면 신은 이따금 우리를 붙잡아줄 것이
다. 우리가 원한다면 말이다.

    태양이 창살에서 손가락을 거둬들이고 밤이 사방 귀퉁이
에서 기어 나올 때 어둠 속에서 무언가가 내게로 다가왔다.
나는 그것이 신이라고 생각했다. 누가 저 문을 열었는가? 이

제 나는 혼자가 아닌 건가? 나는 거기에 뭔가가 있으며 그것이 숨 쉬고 자라는 것을 느꼈다. 감방이 더욱 비좁아졌다. 거기에 있는, 내가 신이라고 부른 그것 앞에서는 벽들마저도 자리를 내어줄 수밖에 없으리라고 나는 느꼈다.

너, 432번, 작은 인간아. 밤에 취해 정신을 잃지 마라! 너와 함께 감방 안에 있는 것은 너의 불안일 뿐, 다른 것은 없어. 불안과 밤. 그러나 불안은 무시무시한 것. 밤은 우리와 단둘이 남겨지면 유령처럼 무시무시한 것이 된다.

달이 지붕 위를 구르면서 벽면을 비추었다. 멍청이 같으니, 너 말이다! 벽은 여전히 비좁고 감방은 오렌지 껍질처럼 텅 비었다. 신, 훌륭한 존재라고 불리는 신은 여기에 없다. 거기 있으면서 무언가 말했던 것은 네 안에 있는 거였다. 아마도 그건 네게서 나온 신이었겠지. 네가 바로 신이었다고! 왜냐하면 너 또한 신이니까, 모두 다, 거미도 고등어도 다 신이야. 신은 생명이다. 그게 전부라고. 그러나 그것들이 너무 많아 신은 더 이상 존재할 수 없다. 그 밖에는 허무뿐이다. 그러나 이 허무라는 것이 자주 우리를 엄습한다.

감방 문은 호두처럼 굳게 잠겨 있었다. 한 번도 열린 적 없던 것처럼. 사람들은 그것이 저절로 열리지 않는다는 것을, 부숴버려야 한다는 것을 알고 있었다. 바로 저 문이. 나는 나 자신과 홀로 남겨진 채 이 바닥없는 곳으로 추락했다. 그런데 그때 거미가 상사처럼 내게 소리를 질렀다. 이 약골아! 바람이 거미줄을 찢어버리자, 거미는 개미처럼 부지런하게 다시 새 실을 토해내 숨결처럼 가냘픈 그 그물 속에 123파운드인 나를 붙잡아주었다. 나는 거미에게 고맙다고 했지만, 거미는 내 말에 하등 주의를 기울이지 않았다.

그렇게 나는 서서히 나 자신에게 익숙해지고 있다. 사람들은 남들에게는 쉽사리 무리한 요구를 하면서도 정작 자기 자신은 잘 견디지 못한다. 그러나 나는 나 자신이 점차 즐거워지고 있음을 발견했다. 밤낮으로 내게서 특이한 점들을 발견해갔다.

그러나 오랜 시간이 지나면서 나는 모든 것과의 관계를 상실해버렸다. 삶과도, 사회와도. 나날들이 빠르게 그리고 규칙적으로 내게서 뚝뚝 방울져 떨어졌다. 나는 서서히 이 현실 세계에서 텅 비워져가고 오로지 나 자신으로만 가득 채워지는 것을 느꼈다. 겨우 발 디뎠던 이 세상으로부터 점점 멀어져가는 것을 느꼈다.

벽들은 너무도 차갑고 또 죽어 있어서 나는 절망감에, 아무런 희망 없음에 병들었다. 사람들은 처음 며칠은 자신들의 비참한 처지를 밖으로 소리쳐 알린다. 그러나 아무런 대답이 없으면 곧 지쳐버린다. 벽과 문을 몇 시간쯤 두드려보지만 아무런 대답이 없으면 두 주먹에는 곧 상처가 나고, 이 삭막한 곳에서는 그 작은 고통이 유일한 쾌감이다.

하지만 이 세상에 영원한 것은 존재하지 않는다. 저 거만

한 문이 마침내 열린 것이다. 뒤따라 다른 문들도 모두. 문들은 잔뜩 겁에 질리고 제대로 면도도 못 한 사내들을 밀어내어, 한가운데에 녹색 잔디가 덮이고 잿빛 담장으로 둘러싸인 마당에 일렬로 길게 줄 세웠다.

그때 우리를 향해 폭탄이 터지듯 개 짖는 소리가 주변에서 쏟아졌다. 배에 가죽띠를 두른 푸른색 개들이 짖어대는 목쉰 소리였다. 개들은 우리를 움직이게 했고, 계속 움직이면서 짖어대 우리를 불안에 떨게 했다. 하지만 불안에 떨 만큼 떨다가 오히려 침착해졌을 때 우리는 그것이 푸른색의 창백한 제복을 입은 인간들이라는 것을 알아차렸다.

마당에서는 원을 그리며 걸었다. 우리 눈이 하늘을 다시 보면서 받은 처음의 충격을 극복하고 차츰 햇빛에 익숙해지자, 곧 자신처럼 터벅터벅 무의미한 발걸음을 옮기며 깊은 숨을 뱉어내는 많은 사람들이 눈에 들어왔다. 70~80명은 족히 되었다.

항상 원을 그리며 걸었다. 나무 슬리퍼 리듬에 맞추어. 어색하고 위축돼 걷기는 했지만 그 30분은 평소보다 즐거웠다. 짖어대는 푸른 제복이 눈에 보이지만 않았던들 영원토록 터벅터벅 걸을 수도 있을 것 같았다. 과거도 없이. 미래도 없이. 오직 현재만을 즐기며. 숨 쉬고, 보고, 걷고!

처음에는 그랬다. 그것은 거의 하나의 축제, 작은 행복이었다. 하지만 오래 계속되면, 그러니까 몇 달씩 아무런 싸움도 없이 즐기기만 하면, 옆길로 새기 시작한다. 그 작은 행복으로는 더 이상 충분치 않다. 벌써 배가 불러 식상해진다. 그리하여 우리가 내맡겨진 이 세상의 흐린 물방울들이 우리의 잔에 떨어진다. 그리고 마침내 원을 그리며 도는 일이 고통으로 바뀌는 날이 찾아온다. 드높은 하늘 아래에서 자신이 조롱당하는 기분이 들고, 앞사람과 뒷사람이 형제라든가 함께 고통받는 동료가 아니라 오로지 우리를 역겹게 하기 위해서만 존재하는, 그런 걸어 다니는 시체로 느껴지는 날이 찾아온다. 끝없이 이어지는 나무 울타리에 있는, 얼굴 없는 하나의 말뚝처럼 그들 사이에 나는 끼어 있다. 아아, 그들은 다른 어떤 것보다 우리에게 역겨움을 불러일으킨다. 몇 달씩이나 잿빛 담장 사이를 맴돌며 푸른색의 창백한 제복들이 짖어대는 소리에 지칠 대로 지쳐 녹초가 될 때 그런 날이 찾아온다.

내 앞에서 걷는 남자는 이미 오래전에 죽었다. 어쩌면 그는 진열장에서 튀어나온 밀랍인형인데, 어떤 우스꽝스러운 귀신이 정상적인 인간인 척 보이게 만든 놈인지도 모를 일이었다. 그러나 어쨌든 그는 이미 죽었음이 확실하다. 그렇다! 그러니까 더러운 잿빛 털 뭉치가 몇 가닥 뒤헝클어져 있는 그 대머리에는 윤기 나는 광채가 없다. 햇빛을 받을 때라든가 빗물에 씻길 때라든가 살아 있는 대머리에서 윤기 있게 반짝이는 광채 말이다. 없다. 그 대머리는 천 조각처럼 윤기도 광택도 없이 흐릿하다. 내 앞에서 걷고 있는, 도저히 인간이라고 부르고 싶지 않은 이런 모조 인간 같은 놈이 만약 움직이지 않는다면, 우리는 이 대머리를 생명 없는 가발이라고 여길 수 있으리라. 그것도 결코 학자나 대단한 술꾼의 가발이라고는 결코 말할 수 없다. 안 될 말이었다. 기껏해야 하찮은 글쟁이나 서커스 어릿광대의 가발이라고 할 만했다. 하지만 이 가발은 아주 끈질겼다. 그놈은 심보가 워낙 고약해서 조금도 물러설 기미가 없다. 뒤에 있는 내가 그를 미워하는 줄 눈치챘기 때문이다. 그렇다. 나는 그를 미워한다. 왜 가발이 — 이제 나는 그를 그렇게 부르겠다. 그게 훨씬 간편하니까 — 왜 이 가발이 내 앞에서 걸어가고 또 살아 있어야 하는가? 날 줄 모르는 어린 참새들은 지붕 홈통에서 떨어져 죽고 있는데 말이다. 그리고 나는 이 가발이 비겁하기 때문에 미워한다. 어찌나 비겁한지! 가발은 내 앞에서 항상 원을 그리며, 잿빛 담장들 사이에서 작은 원을 그리며, 아무렇지도 않게 터벅터벅 걸으며 나의 증오를 느끼고 있다. 저 담장은 우리에게 자비심이라곤 눈곱만큼도 없다. 그렇지 않다면 어느 날 밤 슬그머니 자리를 옮겨서 우리네 장관들이 살고 있는 궁전을 둘러싸고 있을지도 모를 일이다.

나는 언제나 이 가발이 어떻게 해서 감방에 갇히게 되었는지를 생각했다. 이 비겁한 자가 무슨 죄를 저지를 수 있었을까. 내가 끊임없이 괴롭히는데도 나를 향해 몸을 한 번 돌리지도 못하는 이 비겁한 자가. 나는 가발을 괴롭힌다. 나는 계속해서 가발의 뒤를 바짝 쫓으며 — 물론 고의적으로 —, 4분의 1파운드쯤 되는 허파를 그의 등 뒤에 내뱉어버리기라도 할 듯이 입 밖으로 악담을 들이붓는다. 그럴 때마다 가발은 다친 듯이 움찔거렸다. 그럼에도 불구하고 이 가발은 자신을 괴롭히는 사람을 똑바로 돌아볼 엄두도 내지 못한다. 그렇다. 그러기에 가발은 너무 비겁했다. 기껏해야 목을 비스듬히 돌려 내가 있는 뒤쪽을 바라볼 뿐, 서로의 시선이 마주칠 정도로 몸을 180도 돌리는 것조차 엄두를 못 냈다.

가발은 무슨 짓을 저지른 것일까? 돈을 횡령·착복했을까? 아니면 절도를 저질렀을까? 혹시 성욕을 주체하지 못해 공공연한 추문을 일으킨 걸까? 그래, 아마 그럴지도 모른다. 언젠가 가발은 불구적인 에로스에 취해 겁을 상실하고 어리석은 욕정에 빠진 적이 있는 거야. 아, 이제 그가 지금 내 앞에서 터벅터벅 걷고 있다. 한때 감행했던 어떤 일에 대해 조용히 흡족해하고 놀라워하면서.

하지만 나는 지금 가발이 살며시 떨고 있다고 생각한다. 그도 그럴 것이 그는 내가, 그의 살인자인 내가 그의 뒤에서 걷고 있다는 것을 알고 있기 때문이다. 아, 그를 죽인다는 것은 내게 아주 간단한 일이리라. 그것도 쥐도 새도 모르게 그런 일은 일어날 수 있다. 내가 발을 걸기만 하면 된다. 그러면 뻣뻣하고 새처럼 가느다란 두 다리가 곧장 앞으로 꼬꾸

라질 것이며 아마 머리통에 구멍이 날 테니까. 그러면 자전거 튜브에서 바람이 새어 나오듯, 프프프…… 하면서 뿜어져 나올 것이다. 가발의 머리통은 누르스름한 밀랍처럼 한가운데가 터져버릴 게 분명하고, 거기서 솟구쳐 나온 몇 방울 안 되는 붉은 잉크 방울은 비수에 찔려 죽은 희극 배우의 파란색 실크 블라우스에 묻은 나무딸기 시럽처럼 우스꽝스러운 효과를 자아낼 것이다.

그렇듯 나는 가발을 미워했다. 낯짝 한 번 본 적 없고, 목소리 한 번 들어본 적 없으며, 오직 곰팡내와 좀약 냄새로만 알던 놈을 말이다. 확실히 그놈은 — 그 가발은 열정이라고는 없는 부드럽고 지친 목소리를 갖고 있었고 우윳빛 손가락처럼 힘이 없었다. 확실히 놈은 송아지처럼 툭 튀어나온 두 눈과 끊임없이 봉봉 초콜릿을 먹고 싶어 할 것 같은 축 처진 아랫입술을 갖고 있었다. 희멀건 산파의 손으로 가게에서 공책 한 권 살 돈인 17페니히를 버는 것 말고는 하루 종일 아무 일도 하지 않는 글쟁이의, 용기는 있지만 위대함은 없는 그런 탕아의 마스크였다.

아니다, 더 이상 그 가발에 대해 말하지 않겠다! 나는 그 가발을 정말로 증오했기 때문에 말하는 것만으로도 금방 분노가 치밀어 올라 내 자신을 다 드러내게 된다. 됐다, 그만하겠다. 이제 더 이상 가발에 대해 말하지 않겠다. 결코!

그러나 네가 입에 올리고 싶지 않은 어떤 자가 멜로드라

158

마의 곡조에 맞춰 무릎이 꺾인 채 네 앞에서 걸어간다면, 너는 그를 도무지 떨쳐버릴 수 없다. 등이 가려운데 손이 닿지 않을 때처럼 그는 너를 자극하여 언제나 그를 떠올리게 하고 그를 느끼게 하고 그를 미워하도록 만들 것이다.

아무튼 나는 가발을 살해해야 한다고 생각한다. 그러나 나는 그 죽은 놈이 내게 끔찍한 장난을 칠지도 모른다는 불안감을 갖고 있다. 놈은 갑자기 거칠고 상스럽게 웃으면서 예전에 서커스단의 어릿광대였다는 걸 기억해내고는 자기가 흘린 피 속에서 재주넘기로 벌떡 일어날지도 모른다. 다른 사람들이 오줌을 참을 수 없듯이 그놈은 피를 담아둘 수 없기라도 했던 것처럼 당황할는지도 모른다. 그런 다음 물구나무를 선 채 다리를 버둥거리며 교도소 마당을 가로지를 것이다. 놈은 자기 때문에 돌아버릴 지경이 된 간수들을 발정 난 당나귀 취급을 하다가, 짐짓 무서운 척 그 서슬에 담장 위로 훌쩍 뛰어오를 것이다. 거기에서 그는 마치 걸레 조각 같은 혓바닥을 날름거리면서 영원히 사라져버릴 것이다.

갑자기 모두가 놈의 정체를 알게 됐을 때, 어떤 일이 벌어질지는 도무지 상상조차 할 수 없다.

내 앞사람, 즉 가발에 대한 나의 증오가 헛되고 근거 없는 것이라고 생각지 말라. 아, 우리는 증오에 의해 압도당해 자기 한계 너머로 떠밀려가는 수가 있다. 그리하여 나중에도 자기 자신으로 되돌아오기 힘들 수가 있다. 증오란 그렇게 한 사람을 파괴한다.

내 말에 귀를 기울이고 내게 공감하기가 어려운 일이라는 것을 안다. 누군가가 네게 고트프리트 켈러*나 디킨스의 작품을 읽어줄 때처럼 귀 기울여 들을 필요도 없다. 너는 저 비정한 담장들 사이에서 작은 원을 그리며 나와 함께 걸어보아야 한다. 아니, 머릿속에서 나와 함께 걷는 것이 아니라 몸으로 내 뒤에서 뒷사람이 되어 걸어보아야 한다. 그러면 너는 얼마나 빨리 나를 증오하게 되는지 알게 될 것이다. 네가 우리(이제 나는 '우리'라고 부르겠다. 우리 모두 이 한 가지를 공유하고 있으므로)와 함께 허리도 펼 수 없는 공간에서 비틀거리며 걷는다면, 사랑이 텅 비어버리고 증오가 네 안에서 샴페인처럼 부글거리며 끓어오르게 될 것이다. 너는 이 가공할 허무를 더는 느끼지 않기 위해 증오가 끓어오르도록 내버려 둘 것이다. 그러나 너는 텅 빈 위장과 텅 빈 가슴으로 이웃 사랑이라는 특별한 행위에 마음이 쏠리게 되리라고는 꿈에도 생각지 말라!

그렇게 너는 선함이라고는 모조리 다 빠져나가고 텅 비어버린 자로서 내 뒤를 따라오며, 몇 달씩 오직 나에게만, 내 좁은 등짝과 너무 연약한 목, 해부학에 따르자면 원래는 그 안에 뭔가가 더 많이 들어 있는 텅 빈 바짓가랑이에만 예속

* 19세기 독일 사실주의 소설가.

될 것이다. 그러나 너는 대체로 내 두 다리를 보게 될 것이다. 뒷사람들은 모두 앞사람의 다리를 본다. 그 발걸음의 리듬이 설령 낯설고 불편하더라도 그들을 강요하고 따라 하도록 만든다. 그리고 내게 일정한 걸음걸이가 없다는 것을 네가 알아차리면, 마치 질투심 많은 여자처럼 증오가 너를 엄습할 것이다. 그렇다. 내겐 일정한 걸음걸이가 없다. 세상에는 실제로 일정한 걸음걸이가 없는 사람들이 있다. 그들은 하나의 멜로디로 연주될 수 없는 다양한 걸음걸이를 가지고 있다. 나는 그런 사람 가운데 하나다. 내가 가발의 뒷사람이기 때문에 그 가발을 증오할 수밖에 없는 것과 마찬가지로, 네가 나의 뒷사람이라는 무의미한 그러나 나름의 근거 있는 이유로, 너는 나를 증오하게 될 것이다. 네가 다소 불안하고 가벼운 내 걸음걸이에 맞춰 걷다 보면, 어느 순간 너는 문득 내가 곧바르고 힘차게 걷는다는 사실을 알게 될 것이다. 그리고 네가 나의 이 새로운 걸음걸이를 알아차리자마자, 나는 즉각 산만하고 의기소침하게 비틀거리는 걸음걸이로 몇 발짝 내딛기 시작한다. 그렇다, 너는 나에 대해 아무런 기쁨이나 우정을 느낄 수 없을 것이다. 너는 나를 증오해야만 한다. 뒷사람들은 모두 자기 앞사람을 미워하는 법이다.

앞사람들이 뒷사람들과 소통하기 위해 한번 뒤돌아본다면, 아마 모든 것이 달라질지도 모른다. 그러나 뒷사람은 누구나 앞사람만 바라보며 그를 증오한다. 하지만 앞사람은 뒷사람을 부정한다. 앞사람만을 자각한다. 잿빛 담장들 뒤 우리의 원 안에서도 그러했다. 그것은 다른 곳에서도, 아마 도처에서 다 그럴 것이다.

아무튼 나는 가발을 죽였어야 했다. 언젠가 가발은 피가 부글부글 들끓을 만큼 나를 열 받게 했다. 내가 그것을 발견했을 때였다. 대단한 일은 아니었다. 아주 사소한 발견이었을 뿐이다.

우리가 매일 아침 30분씩 작고 지저분한 녹색 잔디 주위를 맴돌았다는 말을 이미 이야기했던가? 이 기이한 서커스장의 한가운데에는 빛바랜 한 떼의 풀줄기들이 모여 있었다. 창백하고 각각의 줄기 모습은 형태를 알아볼 수 없었다. 그것은 마치 이 참기 힘든 울타리 안에 갇혀 있는 우리 모습과도 같았다. 별 기대 없는 내 눈길이 살아 있는 것, 알록달록한 것을 찾다가 본능적으로 그저 무심히 몇 포기의 풀줄기로 달려가기 일쑤였다. 그러자 내 시선을 느낀 풀줄기들이 자기도 모르게 몸을 웅크려 나를 향해 고개를 끄덕였다. 그때 나는 그 속에서 눈에 잘 띄지 않는 노란 점 하나를 발견했는데, 너른 들판 위에 놓여 있는 작은 게이샤 인형 같아 보였다. 나는 내가 발견한 것에 깜짝 놀라 모두가 그것을 목격한 것이 틀림없다고 생각했고, 내 눈이 노란 무언가에 가서 박히기라도 한 것처럼 뚫어져라 바라보았다. 나는 내 앞사람의 슬리퍼로 재빨리 눈을 돌려 아주 흥미롭다는 듯이 바라보았다. 하지만 함께 말하고 있는 사람의 코에 점이 있으면 거기에 계속 시선이 가서 상대를 당혹스럽게 만드는 것처럼, 그렇게 내 두 눈은 그 노란 점을 갈망하고 있었다.

이제 그 옆을 가까이 지나갈 때 나는 가능한 한 아무렇지 않은 듯 행동했다. 나는 한 송이의 꽃을, 한 송이의 노란 꽃을 알아냈다. 그것은 민들레였다. 한 송이의 작고 노란 민들레였다.

민들레는 우리가 매일 아침 원을 그리며 돌면서 신선한 공기에 경의를 표하던 그 길에서 왼쪽으로 50센티미터 정도 떨어진 곳에 있었다. 나는 더럭 겁이 났는데, 푸른색 제복 하나가 퉁방울눈을 하고서 내 시선이 가는 곳을 좇고 있는 것 같은 생각이 들었기 때문이다. 평소 우리의 번견番犬들은 이 울타리를 이루고 있는 사람들의 작은 동요에도 미친 듯이 짖어대며 반응하곤 했으나, 아무도 나의 이 발견은 눈치채지 못했다. 작은 민들레는 아직은 나 혼자만의 것이었다.

그러나 그 꽃을 보며 마음껏 기뻐할 수 있었던 것은 불과 며칠뿐이었다. 꽃은 이제 온전히 내 것이어야만 했다. 우리가 도는 일이 끝날 때마다 나는 그 꽃과 어쩔 수 없이 헤어져야만 했다. 그 꽃을 갖기 위해서라면 나는 날마다 배급받는 빵을 전부 줄 수도 있었다(이건 정말 엄청난 일이다!). 감방 안에서 무언가 살아 있는 것을 갖고 싶은 동경이 내 마음속에서 얼마나 강렬했던지 꽃, 그 작고 수줍은 민들레는 곧 나에게 사람 못지않은 가치, 은밀한 연인과도 같은 가치를 갖기에 이르렀다. 그 꽃 없이 나는 더 이상 살 수 없었다. 저 죽은 벽들 사이에서 말이다!

그러고 나서 그 가발과 얽힌 일이 벌어졌다. 나는 아주 약삭빠르게 그 일을 시작했다. 내 꽃의 옆을 지날 때마다 나는 가능한 한 눈에 띄지 않게 한 발짝쯤 떨어져서 풀숲 쪽으로 걸어갔다. 우리 모두의 마음속에 상당히 강한 군중 본능이 도사리고 있다는 점에 착안했다. 내 생각은 틀리지 않았다. 내 뒷사람과 그 뒷사람, 또 그 뒷사람…… 그런 식으로 계속 모두들 내 발자국을 따라 밟으며 질질 끌려왔다. 나흘째 되던 날 나는 성공했다. 우리의 길은 나의 민들레 옆을 지나치게끔 되었으므로, 몸을 굽히기만 한다면 능히 손을 뻗어 닿을 수 있었다. 물론 나의 이런 노력 때문에 스무 포기쯤 되는 창백한 풀줄기들이 우리의 나무 슬리퍼 아래에서 먼지를 뒤집어쓴 채 죽음을 맞이했다. 한데 꽃을 꺾으려는 자라면 어느 누가 몇 포기의 짓밟힌 풀줄기 따위를 생각하겠는가!

나는 내 소망의 실현을 향해 가까이 다가가고 있었다. 시험 삼아 몇 번 내 왼쪽 양말을 흘러내리게 하고는, 화난 표정으로 몸을 굽힌 후 아무렇지 않게 다시 추켜올려보았다. 무슨 낌새를 챈 사람은 아무도 없었다. 자, 그렇다면 내일이다!

다음 날, 두근거리는 가슴으로 마당에 들어서자 두 손이 떨리며 땀이 흥건하게 났다는 이야기를 한다 해도 나를 비웃지는 못할 것이다. 몇 달에 걸친 고독과 사랑 없는 생활 끝에 느닷없이 감방 안에 연인을 두게 되리라는 전망은 도저히 믿어지지 않는 일이었다.

매일 똑같이 슬리퍼를 끌면서 걷는 단조로운 마당 돌기가 거의 끝나가고 있었다. 마지막에서 두번째 바퀴를 돌 때 그 일이 일어날 터였다. 그런데 그때 그 가발이 일을 저지른 것이다. 그것도 아주 교활하고 비열한 방식으로.

우리는 마지막에서 두번째 바퀴에 막 접어들었고, 푸른 제복들은 거들먹거리며 거대한 열쇠 더미를 짤랑거렸다. 나는 내 꽃이 불안한 표정으로 나를 마주 보고 있는 행동 지점으로 가까이 가고 있었다. 아마 이때처럼 내가 흥분했던 적은 없었던 것 같다. 이제 스무 걸음 남았다. 열다섯 걸음, 열 걸음, 다섯……

바로 그 순간 끔찍한 일이 벌어졌다. 갑자기 가발이 흡사 템포 빠른 타란텔라 춤이라도 추기 시작한 듯 돌연 발작을 일으킨 것이다. 가느다란 두 팔을 공중에 휘두르고 오른쪽 다리를 아주 우아하게 배꼽까지 들어 올리면서 왼발로 서서 빙그르르 한 바퀴 뒤로 돌았다. 나는 가발이 어디서 그런 용기가 생겼는지 결코 이해할 수 없을 것이다. 가발은 모든 것을 다 알고 있다는 듯 의기양양하게 나를 노려보더니 송아지 같은 눈을 까뒤집었는데, 급기야는 흰자위가 튀어나올 것 같았다. 그는 꼭두각시처럼 꼬꾸라졌다. 아, 이제 확실해졌다. 놈은 예전에 서커스단의 어릿광대였던 것이다. 모두들 우스워 죽을 지경이 아닌가!

그러나 그때 푸른 제복들이 짖어댔고, 웃음은 언제 그랬냐는 듯이 흔적도 없이 사라졌다. 누군가가 드러누워 있는 자에게 걸어가더니, 비가 오는군, 하는 것처럼 아무렇지도 않게 말했다. 이자는 죽었어!

나는 더 고백할 것이 있다. 나 자신의 명예를 위해서다. 내가 가발이라고 부른 사내와 서로 눈이 마주치고 그가 나에게 굴복한 것이 아니라 삶에 대해 굴복했다는 것을 깨달은 순간, 나의 증오는 해변의 파도처럼 사라져버렸다. 남은 것은 오직 공허감뿐이었다. 울타리에서 말뚝 하나가 꺾인 것이다. 죽음이 바로 내 곁을 날카로운 휘파람 소리를 내며 지나간 것이다. 그럴 때 우리는 얼른 착해지려고 노력한다. 나는 이제 그 가발이 나를 누르고 이른바 승리하였음을 인정하게 되었다.

다음 날 아침 내겐 다른 앞사람이 생겼고, 그는 나로 하여금 그 가발을 즉각 잊게 만들었다. 그는 흡사 신학자처럼 위선적으로 보였다. 나는 그가 내 꽃을 꺾는 일을 아예 불가능하게 하기 위해서 특별히 지옥에서 휴가 나온 자라는 생각도 들었다.

그는 낯가죽이 두꺼운 자였다. 모두가 그를 비웃었다. 심지어 푸른색의 창백한 개들조차도 인간처럼 삐죽삐죽 조롱하기를 참지 못했다. 정말 희한한 일이 아닐 수 없었다. 그들은 어느 모로 보나 완벽한 관리였다. 그러나 그 멍청한 직업 군인의 얼굴에서 풍기는 천박한 품위가 오만상을 찌푸린 채 일그러져 있었다. 그들은 웃지 않으려고 애썼다. 제기랄, 정말로! 그러나 어쩔 도리가 없었다. 네가 누군가에게 화가 나 있고 둘 다 화해할 수 없는 얼굴을 하고 있는데, 갑자기 웃지 않을 수 없는 어떤 우스운 일이 벌어진다면 너희는 웃지 않으려고 할 것이다. 빌어먹을, 맹세코! 너는 그때 그 감정을 아는가? 그러나 얼굴은 어느새 넓게 퍼지면서 '떫은 표정'이라고 할 만한 표정을 짓고 마는 것이다. 지금 푸른 제복들의 얼굴이 바로 그랬다. 그리고 그것은 우리가 그들에게서 본 유일한 인간적인 감정의 동요였다. 그렇다. 이 신학자는 기발한 자였다! 그는 미쳤다고 할 정도로 약아빠졌지만, 그렇다고 교활함을 감당 못 할 정도로 미친놈인 건 아니었다.

이 서커스장에서 우리는 일흔일곱 명이었고 제복에 권총을 찬 사냥개 열두 마리가 우리를 에워싼 채 짖어대고 있었다. 그중 몇몇은 20년 넘게 짖어대는 일을 해왔을 것이다. 오랜 세월에 걸쳐 수천 명의 수감자들에게 짖어대느라 입이 정말 개의 주둥이가 되었으니 말이다. 하지만 그렇게 동물과 비슷해졌다고 해서 그들의 망상이 결코 줄어든 것은 아니었다. 그들 하나하나는 '짐은 곧 국가다'라는 글귀가 붙은 입상으로도 세워놓을 수 있을 정도였으니까.

그 신학자(후에 나는 그가 원래 철물공이었으며 교회에서 일하다가 불의의 사고를 당했다는 것을 알게 되었다. 정말 신이 그를 돌보셨다!)는 미쳤거나 교활해서 제복들의 품위를 전적으로 존중했던 것이다. 내가 뭐라는 거지 — 존중했다고? 그는 푸른 제복들의 품위를 상상하기 힘들 만큼 불어나는 풍선처럼 부풀어 오르게 했는데, 막상 제복 자신들도 그 크기를 알 수 없을 정도였다. 그들이 그자의 어리석음에 대해 웃음을 참지 못할 때조차도 은밀한 자부심으로 배가 부풀어 오른 나머지 가죽띠가 팽팽해졌다.

이 신학자는, 두 다리를 넓게 벌리고 서서 자신들의 권력을 한껏 과시하며 틈만 나면 물어뜯을 듯이 우리에게 달려드는 이 변견들 옆을 지날 때마다 진심에서 우러나온 듯 굽실굽실하면서 아주 예의 바른 목소리로 중얼거렸다. 축복을 빕니다, 간수 나리! 하고 호들갑을 떨었다. 신이라도 그에게 화를 낼 수는 없을 것이다. 하물며 속이 텅 빈 제복을 입은 풍선들은 어떠하리. 그가 그렇게 허리를 굽실거리는 모습이 너무도 깍듯해 언제나 따귀를 얻어맞지 않으려고 하는 짓 같아 보였다.

이제 악마의 장난인지, 이 희극배우 같은 신학자가 내 앞사람이 된 것이다. 그의 황당한 짓거리는 뻔뻔스럽게 빛을 발해 나의 작은 새 연인, 나의 민들레를 거의 잊어버리게끔 만들었다. 나는 새 연인에게 부드러운 눈길 한 번 제대로 줄 수 없었다. 그도 그럴 것이 내 몸의 모든 구멍에서 식은땀이 솟게 하는 싸움, 다시 말해 온통 곤두서 있는 내 신경들과의 싸움을 견뎌야만 했던 것이다. 신학자가 "축복을 빕니다. 간수 나리"를 혓바닥에서 꿀 떨어지듯 내뱉으며 허리를 굽실거릴 때마다, 나는 그것을 흉내 내지 않으려고 모든 근육을 긴장시켜야 했다. 그 유혹이 얼마나 강렬했던지, 나는 그 국가 기념비 놈들에게 몇 번이나 다정하게 고개를 끄덕거렸다가 마지막 순간에야 겨우 몸을 굽히지 않고 입을 꼭 다문 채 가만히 서 있을 수 있었다.

우리는 날마다 30분쯤 마당을 빙빙 돌았다. 매일 스무 바퀴를 돌았고, 제복 열두 명이 우리가 도는 길을 지키고 서 있었다. 그러니까 그 신학자는 하루에 어떻든 240번이나 허리를 굽실거렸으며, 나는 240번에 걸쳐 미쳐버리지 않기 위해 온 정신을 집중해야 했다. 이 짓도 사흘만 계속하면 상황이 나아지리라는 것을 알고 있었지만, 나는 그 짓을 견뎌낼 수 없었다. 나는 완전히 녹초가 되어 감방으로 돌아왔다. 밤새도록 나는 꿈속에서 끝없이 늘어선 푸른 제복들을 따라 걸었다. 그들은 모두 비스마르크처럼 보였는데, 나는 하룻밤을 몽땅 수백만 명의 창백하고 푸른 비스마르크들에게 허리를 깊이 굽혀 "축복을 빕니다, 간수 나리!" 하고 외치는 데 바쳐버렸다.

다음 날 나는 잔머리를 굴려서 줄지어 걷는 대열이 내 옆을 지나가고 앞사람이 다른 사람으로 바뀌도록 수를 썼다. 슬리퍼를 잃어버리고선 그것을 이리저리 분주하게 찾아내서는, 절뚝이며 다시 울타리로 돌아오는 수법이었다. 성공이었다! 내 앞에서 태양이 떠올랐다. 그러더니 그것은 오히려 어두워졌다. 새 앞사람은 키가 엄청나게 컸다. 180센티미터인 내가 그의 그림자 속에 그대로 사라져버릴 정도였다. 거기엔 신의 섭리가 있는 모양이었다. 슬리퍼로 그 실현을 도와야 했지만 말이다. 비인간적이리만치 기다란 그의 사지는 그저 흐느적거렸다. 자기 팔다리에 대해 아무런 제어 능력이 없었음에도 불구하고 그는 앞장서서 갔다. 나는 그를 거의 사랑할 지경이었다. 그렇다. 나는 그가 가발처럼 느닷없이 죽어 자빠지거나 머리가 휙 돌아서 비겁하게 굽실거리지 않게 해달라고 기도했다. 나는 그가 오래오래 건강한 정신으로 살게 해달라고 기도했다. 나는 그의 그림자 속에 잘 숨어서 전혀 들킬 염려 없이 아주 오랫동안 그 작은 민들레를 바라볼 수 있었다. 나는 이 거룩한 앞사람의 혐오스러운 코에서 울려나오는 콧소리마저도 용서해주었다. 아, 나는 그에게 오보에, 문어, 사마귀 따위의 온갖 별명 붙이기를 과감하게 포기했다. 나는 오직 나의 꽃만 바라보았다. 앞사람이 키가 크든 말든, 바보 같든 말든 개의치 않았다. 그날도 여느 날들과 다름없었다. 다른 점이 있다면, 432호 감방의 죄수가 30분이 거의 끝나갈 무렵 숨을 거칠게 몰아쉬었고,

두 눈은 애써 천진난만했으며 어색하게나마 불안감을 감추고 있었다는 것이다.

우리는 마지막에서 두번째 바퀴째로 접어들었다. 열쇠 더미들이 다시 활기를 띠었고, 울타리의 말뚝들은 끝없이 이어지는 창살 뒤에 있는 것처럼 듬성듬성한 햇빛을 받으며 졸고 있었다.

그런데 저게 뭐지? 말뚝 하나는 전혀 졸고 있지 않았다! 그는 말짱한 정신으로 흥분한 나머지 몇 미터마다 걸음걸이가 뒤죽박죽이었다. 아무도 그것을 눈치채지 못했던가? 눈치챈 사람은 아무도 없었다. 그때 432호 말뚝이 돌연 몸을 숙이더니 흘러내린 양말을 만지작거렸다. 그사이에 그는 번개처럼 잽싸게 한 손으로 깜짝 놀란 작은 꽃 한 송이를 휘어잡고 꺾어냈다. 일흔일곱 개의 말뚝들은 늘 하던 대로 벌써 마지막 바퀴를 돌기 시작했다.

무엇이 그리 우스운가. 축음기와 우주 탐구 시대의 권태롭고 회한에 찬 한 젊은이가 432호 감방의 높이 난 창 아래에서 고독한 두 손으로 작은 노란 꽃 한 송이를 가느다란 햇살 속에 보듬고 있다. 지극히 평범한 민들레. 그러고 나서 그는 민들레를 들어 화약, 향수, 휘발유 그리고 진*과 립스틱

* 술 이름.

냄새에 익숙한 자신의 굶주린 코에 갖다 댔다. 몇 달째 나무와 먼지, 식은땀 냄새밖에 맡지 못한 코였다. 그리고 작은 노란 꽃받침에서 그 정수를 몸속 깊이 빨아들였다. 그에게는 오직 코밖에 없다는 듯이.

그때 그의 마음속에서 무언가가 열리더니 좁은 공간에 빛처럼 쏟아졌다. 이전에는 알지 못했던 것이다. 무엇에도 비할 바 없는 어떤 부드러움, 의지와 온기가 꽃과 더불어 그를 채우며 충만하게 해주었다.

그는 더 이상 이 공간을 견딜 수 없어 눈을 감고는 감탄했다. 네게선 흙냄새가 나는구나! 태양, 바다, 벌꿀 냄새가 나, 사랑스러운 생명이여! 민들레의 순결한 서늘함은, 이제껏 특별히 신경 쓴 적은 없지만 그 침묵이 오히려 큰 위안이 되는 아버지의 목소리처럼 느껴졌다. 그는 그 꽃이 검은 여인의 환한 어깨처럼 느껴졌다. 그는 꽃에게 이름을 주고 가만히 불러보았다. 알리네.

그는 그 꽃을 연인처럼 조심스럽게 물컵 위로 가져갔다. 거기 기진한 작은 생명을 그 안에 넣고 몇 분 동안 그대로 있었다. 그런 다음 천천히 앉으며 꽃과 얼굴을 맞대었다.

그는 자신에게 지워진 모든 것들에서 벗어나 홀가분하고 행복했다. 갇힌 신세, 고독, 사랑에의 갈증, 속수무책으로 살아온 스물두 해의 세월, 현재와 미래, 이 세상과 기독교 — 그렇다, 그런 것으로부터도!

그는 갈색의 발리 사람, 바다와 번개와 나무를 두려워하고 숭배하는 '야성적'인 종족의 한 '야성인'이었다. 야자열매와 대구와 벌새를 경외하고 경탄하는 눈길로 바라보고 먹어 치우면서도 그 의미는 이해하지 못한다. 그렇게 그는 자유인이었다. 그는 꽃을 바라보고 속삭일 때만큼 선해지고 싶었던 적은 일찍이 한 번도 없었다…… 너처럼 되리라……

밤새도록 그의 행복한 두 손은 익숙한 양철 물컵을 감싸 안고 있었다. 잠결에 그는 그들이 자기 몸 위에 흙을, 검고 좋은 흙을 부어주는 것을, 그리고 자신이 흙 속에서 편안해지며 흙처럼 되어가는 것을 느꼈다. 그에게서 꽃들이 피어나는 것을 느꼈다. 아네모네, 미나리, 민들레―눈에 잘 띄지 않는 조그마한 태양이었다.

예수는 함께 일하지 않는다

그는 얕은 무덤 속에 불편하게 누워 있었다. 무덤은 늘 비좁아 무릎을 굽혀야 했다. 등에 얼음장 같은 한기가 느껴졌다. 그것이 마치 작은 죽음처럼 느껴졌다. 하늘은 아주 멀리 있었다. 끔찍이도 멀리 떨어져 있어서 하늘이 좋다거나 아름답다는 말을 도무지 하고 싶지 않았다. 이 땅과의 거리가 끔찍했다. 하늘이 소모하는 모든 푸른빛도 그 거리를 줄이지는 못했다. 게다가 땅은 이 세상 같지 않게 차고 얼음장처럼 딱딱해서 너무 얕은 무덤 속은 불편하기 짝이 없었다. 평생을 이렇게 불편하게 누워 있어야 한단 말인가? 아, 아니다, 심지어는 죽어서도 내내 그래야 한다! 그건 훨씬 더 긴 세월이었다.

무덤가의 하늘에 머리 두 개가 나타났다. 이봐, 꼭 맞아, 예수? 머리 하나가 솜뭉치 같은 동그란 입김을 내뿜으며 물었다. 예수 역시 두 개의 콧구멍에서 가늘고 하얀 안개 기둥을 내뿜으며 대답했다. 그래, 꼭 맞아.

하늘에 있던 머리들이 사라져버렸다. 흡사 얼룩처럼 그들은 돌연 닦여버렸다. 흔적도 없이. 하늘만이 그 끔찍한 거리를 유지하며 거기 그대로 있었다.

예수가 일어나 앉았다. 상체가 무덤 밖으로 약간 솟아올랐다. 멀리서 보면 배까지 파묻혀 있는 것 같았다. 그는 왼팔로 무덤 한 귀퉁이를 짚고 일어섰다. 무덤 안에 서서 자기 왼손을 슬프게 바라보았다. 일어설 때 새로 꿰맨 장갑의 가운뎃손가락이 걸려 다시 찢어진 것이다. 빨갛게 언 손가락 끝이 불쑥 삐져나와 있었다. 예수는 장갑을 바라보며 몹시 슬퍼졌다. 그는 너무 얕은 무덤 안에 서서, 삐져나와 언 손가락에 따뜻한 입김을 불며 나지막하게 말했다. 난 더 이상 하지 않겠어. 무슨 일이야. 무덤 안을 들여다보던 두 명 중 한 명이 눈을 크게 뜨고 그를 쳐다보았다. 더 이상 하지 않겠다고. 예수는 다시 한번 나지막하게 말하며, 헐벗고 차가운 가운뎃손가락을 입에 물었다.

하사님, 들으셨어요? 예수가 이제 함께하지 않는대요.

다른 한 명, 그러니까 하사가 폭발물을 세며 투덜거렸다. 어째서? 그는 젖은 입김을 예수 쪽으로 내뿜었다. 이봐, 어째서? 못 하겠어요. 예수가 여전히 나지막한 소리로 말했다. 더 이상 못 하겠어요. 그는 무덤 안에 서서 눈을 감았다. 태양이 눈을 견딜 수 없을 만큼 눈부시고 하얗게 만들었다. 그는 눈을 감고 말했다. 날마다 폭발물로 무덤을 팠어요. 날마다 일고여덟 개씩. 어제는 열한 개나 팠어요. 날마다 사람들

을 그 안에 욱여넣는데, 그 무덤들은 언제나 꼭 맞지가 않아
요. 무덤들이 너무 작기 때문에요. 이따금 사람들은 몸이 아
주 뻣뻣하고 뒤틀려서 얼어 있어요. 좁은 무덤 안에 밀어 넣
으면 삐걱거리는 소리가 나죠. 땅은 아주 단단하고 얼음장
처럼 차갑고 불편해요. 그들은 죽어서도 내내 그런 고통을
참고 견뎌야 하죠. 그런데 나는, 나는 그 삐걱거리는 소리를
더 이상 들을 수 없어요. 이건 마치 유리를 갈아 부술 때 나
는 소리 같아요. 유리 말이에요.

입 닥치게, 예수. 자, 그 구덩이에서 나와. 우린 아직 무덤
을 다섯 개나 더 파야 해. 하사의 입김이 분노에 차서 예수
쪽으로 몰려왔다. 싫어요. 그러면서 예수는 콧구멍에서 두
줄기의 가느다란 콧김을 내뿜었다. 싫다고요. 그는 아주 나
지막하게 말하면서 눈을 감았다. 게다가 무덤들은 너무 얕
아요. 봄이 되면 땅 곳곳에서 뼈들이 밖으로 나올 거예요. 땅
이 녹으면 말이에요. 도처에서 뼈들이 말이에요. 싫어요. 난
더 이상 못 하겠어요. 싫어요. 싫다고요. 언제나 나예요. 언
제나 나는 무덤이 맞는지 안 맞는지 그 안에 누워봐야 해요.
언제나 내가 말이에요. 나는 차츰 꿈에서도 그 일을 해요. 그
건 끔찍한 일이에요. 무덤들이 맞는지 안 맞는지 누워봐야
하는 사람은 언제나 나였어요. 아시겠어요? 언제나 나였단
말이에요. 나중엔 꿈까지 꾼다고요. 무덤 속에 내려가 눕는
다는 것은 끔찍한 일이에요. 언제나 내가요.

예수는 다시 한번 찢어진 장갑을 바라보았다. 그는 얕은 무덤에서 기어 올라와 시커먼 더미 쪽으로 네 걸음 다가갔다. 그것은 시체 더미였다. 그들은 광란의 춤이라도 추다가 놀라 자빠진 듯 온몸이 뒤틀려 있었다. 예수는 시체 더미 옆에 곡괭이를 조심스럽게 살그머니 내려놓았다. 그가 곡괭이를 그쪽으로 내던진다 한들 하등 문제될 것은 없었다. 하지만 그는 그들 중 하나라도 방해하거나 깨우지 않으려는 듯 곡괭이를 조심스럽게 살그머니 내려놓았다. 정말로 아무도 깨우지 않으려는 듯. 단지 배려 때문만이 아니라 두려움 때문이기도 했다. 두려움 때문에. 행여 누가 깨어나기라도 할까 봐. 그러고 나서 그는 다른 두 사람에게 눈길 한 번 주지 않고 그들 옆을 지나 뽀드득거리는 눈밭을 건너 마을로 향했다.

빌어먹을, 눈은 꼭 그것처럼 삐걱거리는 소리를 냈다. 꼭 그것처럼. 그는 발을 들어 올리고 한 마리 새처럼 푸드덕거리며 눈밭을 걸었다. 오직 그 삐걱거리는 소리를 피하기 위해서였다.

뒤에서 하사가 외치는 소리가 들렸다. 예수! 즉각 돌아와라! 명령이다! 즉각 돌아와서 하던 일을 계속해! 하사가 소리를 질렀지만 예수는 뒤돌아보지 않았다. 그는 눈밭을 한 마리 새처럼 푸드덕거리며 걸었다. 새처럼, 삐걱거리는 소리를 그저 피하기 위해서. 하사가 소리를 질렀다 — 그러나 예수는 뒤돌아보지 않았다. 단지 두 손을 움직였는데 이렇게 말하는 듯했다. 조용히, 조용히 해! 제발 아무도 깨우지 마! 난 더 이상 하지 않겠어. 안 해. 안 해. 언제나 나였어. 언제나 나. 그는 점점 작아지더니, 마침내 눈보라 뒤로 사라져 버렸다.

난 저 녀석을 보고해야 해. 하사는 솜뭉치처럼 동그란 입김을 얼음처럼 차가운 공기 속에 내뿜었다. 난 저 녀석을 보고할 수밖에 없어. 이건 명백해. 복무 거부야. 저 녀석이 제정신이 아니라는 건 알지만, 난 그를 보고해야 해.

그러면 그들이 저 녀석을 어떻게 할까요? 다른 남자가 히죽거리며 물었다.

별일 없어. 아무 일도 없어. 하사는 수첩에 이름을 적었다. 아무 일도 없다고. 상사가 녀석을 데려오라고 할 거야. 그는 예수를 데리고 노는 걸 재미있어하거든. 그가 녀석한테 고래고래 고함을 지르면서 이틀 동안 아무것도 주지 않고 아무 말도 못 하게 한 다음 한바탕 연설을 늘어놓고는 돌려보내겠지. 그러면 녀석은 다시 완전히 정상이 될 거야. 하지만 우선 나는 그를 보고해야 하네. 상사도 그 일에 재미를 붙였기 때문이지. 아무튼 우리는 무덤을 계속 파야 해. 무덤이 맞는지 안 맞는지 한 사람은 들어가 봐야 하고. 물론 그래 봐야 아무 소용이 없지.

그런데 왜 그의 이름이 예수죠? 다른 남자가 히죽거리며 물었다.

　아, 그건 아무 이유도 없네. 그 녀석이 온화해 보인다고 상사가 그를 항상 그렇게 불렀어. 상사는 녀석이 아주 온화해 보인다는 거야. 그때부터 그는 예수라고 불렸다네. 그래. 하사는 그렇게 말하며 다음 무덤을 파기 위한 화약 장전을 마쳤다. 아무튼 나는 그를 보고해야 해. 그래야 한다고, 무덤은 계속 파야 하니까 말일세.

도시

한 야행객이 철로 위를 걷고 있었다. 철로는 달빛에 비쳐
은처럼 창백하게 빛나고 있었다. 아주 차군, 야행객은 생각
했다. 철로가 차디차. 멀리 왼쪽으로 외롭게 불빛이 하나 보
였다. 농장이었다. 그때 사납게 개 짖는 소리가 들렸다. 불빛
과 개가 밤을 더욱 깊게 했다. 그리고 야행객은 다시 혼자가
되었다. 바람만이 그의 귓전에 우 — 하는 숨소리를 길게 내
면서 스쳐 갔다. 철로 위에 찍힌 얼룩, 달 위에는 구름.

그때 등불을 든 한 사내가 왔다. 등불은 두 사람의 얼굴 사
이에서 떠오르며 흔들거렸다.

등불을 든 사내가 말했다. 이보시오, 젊은이, 어디로 가는
거요?

그러자 야행객은 팔을 들어 뒤편 밝은 기운이 번져 있는
하늘 쪽을 가리켰다.

함부르크? 등불을 든 사내가 물었다.

네, 함부르크요. 야행객은 대답했다.

그들의 발걸음 아래에서 돌멩이들이 나지막이 잘그락거

렸다. 서로 부딪쳐 내는 소리였다. 이따금 등불을 매단 철사가 이리저리 흔들리며 삐거덕댔다, 이따금. 그들 앞에 철로가 달빛에 비쳐 누워 있었다. 철로는 밝은 쪽을 향해 은빛을 내며 뻗어갔다. 오늘 밤, 저 하늘의 밝은 쪽, 그곳은 함부르크였다.

하지만 이젠 그렇지도 않다오. 등불을 든 사내가 말했다. 도시도 이젠 그렇지 않아. 아 그래, 저기는 밝지. 하지만 밝은 가로등 아래엔 온통 굶주린 자들만 지나다닌다오. 내 말 명심하시오, 젊은 양반.

함부르크가요? 야행객이 웃었다. 그렇다면 다른 곳도 똑같아요. 하지만 거기로 다시 가야 해요. 그곳에서 왔으니 다시 거기로 가야만 해요. 그곳에서 왔으니까요. 그러고 나서 그는 마치 그 문제를 수없이 생각해왔다는 듯 말했다. 그것이 인생이죠! 한 번뿐인 인생!

등불은 이리저리 흔들리며 삐거덕댔다. 그리고 바람은 우 — 하는 단조로운 소리를 내며 귓전을 스쳐 갔다. 철로는 달빛에 비쳐 차갑게 누워 있었다.

흔들거리는 등불을 든 사내가 말했다. 인생이라! 맙소사, 그게 뭐요. 냄새를 기억해내는 것. 문고리를 붙잡는 것. 서로 얼굴을 스쳐 지나가고 밤이 되면 머리에 떨어지는 빗방울을 느낀다오. 그건 벌써 수없이 겪은 일이라오.

그때 그들 뒤에서 기관차 한 대가 향수에 가득 찬 거인 아이처럼 울음보를 터뜨렸다. 기관차는 밤을 더욱 깊게 했다. 그런 다음 화물열차가 그들 옆을 덜커덩거리며 지나갔다. 화물열차는 별들이 수놓아진 비단결 같은 밤을 뚫고 위협적으로 덜커덩거렸다. 사내들은 그쪽을 향해 겁 없이 숨을 내뿜었다. 둥글게 회전하는 바퀴들이 붉게 녹슨 차량 아래서 덜커덩 덜커덩 굴러갔다. 쉴 새 없이 덜커덩거리는 소리가 났다. 덜커덩 ── 덜커덩 ── 덜커덩. 아주 멀리 사라지고 나서도 나지막이 들려왔다. 덜커덩 ── 덜커덩 ──

그러자 야행객이 입을 열었다. 아니요, 인생이란 빗속을 달리고 문고리를 붙잡는 것 그 이상이에요. 서로 얼굴을 스쳐 지나가고 냄새를 기억해내는 것 이상입니다. 인생은 말이에요, 두려움을 갖게 되는 것이에요. 기쁨도 가지죠. 기차에 깔릴지 모른다는 두려움. 기차에 깔리지 않았다는 기쁨. 계속 걸어갈 수 있다는 기쁨이지요.

그때 철로 옆에 초라한 집 한 채가 나타났다. 사내는 등불을 약하게 하고 젊은이에게 손을 내밀었다. 자 그럼, 함부르크!

그래요, 함부르크. 그는 그렇게 말하고 걸어갔다.

철로가 달빛에 비쳐 창백하게 빛나고 있었다.

저 뒤쪽 하늘에 붉은 반점 하나. 그곳은 도시였다.

가로등, 밤, 별들
— 함부르크를 위한 시

나는 빛의 탑이 되고 싶다
바람 부는 밤이면 —
대구와 빙어를 위하여,
모든 배를 위하여 —
한데 나 자신 스스로
난파선이네!

여기 실린 14편의 연작시는 보르헤르트가 1940년부터 1945년 사이에 쓴 시들 가운데 약 60편을 고른 다음, 다시 추려진 것이다. 보르헤르트의 시는 평이하면서도 예민하고 날카롭지만, 전통적인 서정성에 대해서 비판적이다. 이 무렵 그는 창작의 중심을 서정시에서 산문 쪽으로 옮겨왔다. 여기 실린 시들은 보르헤르트가 삶에 대해 느낀 감정의 움직임을 여실히 반영하고 있으며, 그의 예술적 개성을 유감없이 보여준다.

가로등의 꿈

나 죽으면
가로등이라도
되고 싶네,
그리하여 네 문 앞에서
잿빛 저녁을
비춰 밝혀주리.

아니면 커다란 기선들이 잠자며
아가씨들의 웃음소리 요란한
어느 항구,
그곳에서 깨어 있으면서
더럽고 비좁은 운하 옆
외로이 걸어가는 이에게 눈짓하리.

어느 비좁은
골목에서 나는
붉은 양철 가로등으로
선술집 앞에 걸려 있고 싶네,

그리고 생각에 잠겨
밤바람에 흔들리며
그네들의 노래가 되리.

아니면 바람이
무서운 소리로 창문을 두드려대고
밖에선 꿈들이 유령을 토해낼 때,
혼자 있는 걸 알고 깜짝 놀라
휘둥그레진 아이의 눈망울에 번지는
가로등이 되리.

그래, 나 죽으면
가로등이라도
되고 싶네,
이 세상 모든 것이 잠든
밤이면 혼자서
달과 속삭이리 ─
물론 그대라고 하면서.

저녁 노래

왜, 아 말해줘요, 왜
지금 해가 지는 거죠?
자거라, 아이야, 그리고 살포시 꿈꾸어라.
그것은 어두운 밤 때문이겠지.
그래서 해가 지는 거야.

왜, 아 말해줘요, 왜
우리의 도시가 이렇게 고요한 거죠?
자거라, 아이야, 그리고 살포시 꿈꾸어라.
그것은 어두운 밤 때문이겠지.
그때 도시도 잠들려 하니까.

왜, 아 말해줘요, 왜
가로등이 이렇게 타오르는 거죠?
자거라, 아이야, 그리고 살포시 꿈꾸어라.
그것은 어두운 밤 때문이겠지.
그때 가로등은 활활 타오른단다!

왜, 아 말해줘요, 왜
많은 사람들이 손에 손을 잡고 가는 거죠?
자거라, 아이야, 그리고 살포시 꿈꾸어라.
그것은 어두운 밤 때문이겠지.
그때 사람들은 손에 손을 잡고 가지.

왜, 아 말해줘요, 왜
우리의 가슴은 이렇게 작은 거죠?
자거라, 아이야, 그리고 살포시 꿈꾸어라.
그것은 어두운 밤 때문이겠지.
그때 우리는 완전히 혼자가 되지.

함부르크에서

함부르크의 밤은
다른 도시와 달리
부드러운 푸른빛 여인이 아니다.
함부르크의 밤은 잿빛,
기도하지 않는 사람들 곁에서
빗속을 지키고 있다.

함부르크의 밤은
항구의 모든 술집에 살아 있다.
가볍게 치마를 걸치고
좁은 벤치 위에서
서로 사랑을 나누고 웃음이 범벅일 때
유령처럼 살금살금 다가와 사람들을 맺어준다.

함부르크의 밤은
밤꾀꼬리의 목소리로
달콤한 멜로디를 흥얼거리지 못한다.
도시로 향하는 항구의

뱃고동 노래가
그렇듯 우리를 아주 행복하게 해주는 걸 안다.

전설

저녁마다 그녀는 잿빛 고독 속에서
기다리며 행복을 갈구한다.
아, 그녀의 눈동자 속에 젖어 있는 슬픔,
그가 다시 돌아오지 않아서다.

어느 날 밤 어두운 바람의 마법으로
그녀는 가로등이 되었다.
그 불빛 아래 행복한 사람들은
나지막이 속삭인다, 너를 좋아한다고 ─

비

비가 늙은 여인처럼
소리 없이 슬프게 땅에 흐른다.
젖은 머리카락, 외투는 잿빛
이따금 그녀는 손을 들어

커튼이 은밀하게 속삭이고 있는
창유리를 조심스레 두드린다.
소녀는 틀림없이 집 안에 있고
바로 오늘 그토록 삶을 열망하고 있다!

바람이 늙은 여인의 머리칼을 움켜쥐자
그녀의 눈물은 거센 얼룩이 된다.
여인은 광포하게 치마를 펄럭이며
마녀처럼 스산하게 춤을 춘다!

입맞춤

비가 오네 ─ 그래도 그녀는 잘 모르네,
아직도 그녀의 가슴이 행복에 떨고 있기 때문이지.
입맞춤하는 동안 세상은 꿈속에 빠지고
옷은 젖어 온통 쭈글쭈글해졌네.

그녀 무릎은 모두 보라는 듯
무심하게 걷어 올려져 있네.
빗방울 하나 흔적도 없이 사라지며
아직 아무도 못 본 것을 보았지.

이토록 깊이 그녀는 느껴본 적이 없다 ─
그렇듯 무턱 댄 행동은 동물의 지경이네!
섬광처럼 흐트러져 있는 머리칼 위로 ─
가로등 불빛이 파고드네.

아란카

내 무릎에 닿는 네 무릎을 나는 느낀다,
그리고 네 주름진 콧잔등이
내 머리칼 어디에선가 울고 있겠지.
너는 파란 꽃병과 같고
과꽃처럼 피어난 네 두 손은
떨리면서 벌써 내게 왔구나.
벼락 아래서 우리 둘은
사랑, 고통 — 죄악으로 웃고 있지.

이별

그것이 부두에서 나눈 마지막 입맞춤이었소 —
지나간 일.

강을 따라 아래로 그리고 바다로
당신은 가버렸군요.

붉은빛과 초록빛이
멀어졌습니다……

폭풍의 서막

바다가 짙푸르게
차가운 잿빛 웃음을 히죽인다,
물고기가 더 깊은 물속으로 달아난다.
늙은 대구조차 기분이 정말 착잡하다.

겁에 질린 어린 해마 한 마리가 제집을 찾으려고 허덕인다.
낙지란 놈이 아주 교묘히
눈처럼 하얀 산호 궁전 주위에
잉크빛 연막을 치고 있다.

어부들이 그물을 끌어 올린다
풀이 죽어 중얼거리며 —
그러다가 한 어부가 투덜거린다.
바다의 신이 기분 나쁘시군, 하고.

조개들, 조개들

조개들, 조개들, 영롱하게 반짝이네.
어린 시절 좋아하던
조개들, 조개들, 갸름하고 동그랗네.
그 안에서 바람이 재잘거리네.

그 안에서 거대한 바다가 노래하네 —
박물관에서 조개들이 반짝거리네,
항구의 낡은 선술집에서도
그리고 아이들의 방에서도.

조개들, 조개들, 갸름하고 동그랗네,
들어보라, 바다의 노랫소리를.
어린 시절 한때 좋아했던
조개들, 조개들, 영롱하게 반짝이네.

바람과 장미

작고 창백한 장미여!
바람은 바다에서 짓궂게 불어와
그대를 흩날리고 있네.
그대 꽃잎은 마치
항구 여인의 옷 같구나 ―
바람은 그토록 난폭하게, 그토록 음울하게 불어왔네!

아마도 바람은
일순간 힘이 빠졌을지 몰라.
그대 어두운 주름 안에서
숨결을 잔잔히 죽이려고 했지.
그때 너의 향기가 바람을 유혹해서
매혹시켰지,
바람은 솟구치고 부풀어 올라
제 욕망에 그대를 쓰러뜨리고,
겁먹은 풀 위를 지나노라면
그대 입맞춤으로 바람은 다시 살아나네.

청적갈색빛 대도시의 노래

잿빛 그림자에서 피어나는 붉은 입술들은
달콤한 현기증 소리를 낸다.
달은 안개 속을 지나
금빛 초록색을 내며 부서진다.

잿빛 거리들, 붉은빛 지붕들
그 가운데 초록 불빛 하나,
밤늦은 주객 소리쳐 노래 부르며
일그러진 얼굴로 집으로 간다.

잿빛 돌과 붉은 피 —
내일 아침이면 모든 것이 좋다.
내일이면 초록 잎새 하나
이 잿빛 도시 위로 흩날린다.

대도시

대도시라는 여신은 우리를
이 황량한 돌의 바다 속으로 뱉어냈다.
우리는 그녀의 숨결을 들이마시고,
그다음 혼자가 되어버렸다.

대도시라는 창녀는 우리에게 눈짓을 보냈다 —
그 부드럽고 타락한 팔에 안겨
우리는 절뚝이며 쾌락과 고통을 통과했고,
아무런 연민을 바라지 않았다.

대도시라는 어머니는 우리에게 부드럽고 관대하다 —
우리가 공허하고 피곤할 때면
그녀는 우리를 잿빛 품속에 보듬는다 —
우리 위로 영원히 바람 소리 들린다!

골동품들
── 호에 블라이헨 거리를 기억하며

엄청난 현존現存의 소음에서 멀리 떨어져,
쇠락에 휩싸여, 명예롭고 고독하게
고요한 사물들이 빙 둘러서 있다. 먼지를 뒤집어쓰고, 진기하게
요염한 자태를 뽐내는 비더마이어 찻잔 몇 개.

그 위에 창백하게 우뚝 선 황제,
그러나 근엄한 가슴은 석고 칠 되어 있다.
박제된 남쪽 바다 악어 한 마리
취한 듯 초록빛 유리 눈알이 히죽인다.

현왕賢王 샤를의 송판에 달린 청동 걸쇠가
부처의 배와 그 주름살 위에서 반짝거린다.
땋아 늘인 가발은 유혹적인 분 내음을
여전히 살그머니 피우고 있다.

목제의 완고한 자태로 말레이시아 우상 신이 휘둥그레 바라본다.

물라토의 치아가 흙빛으로 반짝인다.
녹슨 무기들은 전쟁을 꿈꾸며
렘브란트의 부드러운 음영 안에서 나직이 덜컹거린다.

바로크 장롱 속 송장벌레가
말라빠진 벽에서 시간을 뛰어넘어 재깍재깍 소리 낸다.
파리 한 마리 웅웅거리며 슬피 송가를 부르는데 —
그건 놈이 쇼펜하우어의 열세 권의 책 위에 내려앉은 탓
이리.

파멸과 희망 사이에서
베른하르트 마이어-마르비츠

당신이 만일 진실 전부를 말하지 않고,

진실을 보류하거나, 감추거나,

대중 앞에 선다면,

당신은 진실보다 훨씬 덜 진실되리라.

— 잭 런던

볼프강 보르헤르트

1921년 5월 20일 함부르크 출생

1947년 11월 20일 바젤 사망

이 글은 Bernhard Meyer-Marwitz, "Biographisches Nachwort," Wolfgang Borchert, *Das Gesamtwerk*, Rowohlt Verlag, 1949, pp. 323~29를 우리말로 옮긴 것이다.

그것이 문제를 일으킨다 하더라도
아침이 온다면 나는 말하겠소. 그렇다고!
— 보르헤르트

　파멸과 희망, 죽음과 삶, 절망과 믿음 사이에서 볼프강 보르헤르트의 작품은 성장했다. 전쟁이라는 지옥이 끝난 다음, 그에게 주어진 시간은 단 2년뿐이었다. 이 짧은 기간 동안, 그러나 그는 병원에 입원한 채로 무언가를 말하고 싶어 열망했다. 그에게는 안정이 없었다. 그는 항상 숨이 가쁜 채 쫓기고 허덕였다. 그가 때맞춰 병을 치료하고 건강에 유의하고 그 육체에 대한 남모를 위협에 저항하려는 의지를 갖고자 했다면, 전쟁이 지닌 전망 없는 상태를 인식할 만한 고독한 시간이 그에게 충분히 주어질 수 있었으리라. 그렇듯 그의 존재의 만년은 무자비하게 소멸되어가는 시간, 낮과 밤과의 경주였던 것이다.

　그 젊음의 가장 찬란한 시기에 전쟁은 그를 기만했다. 전쟁이 끝나고 그가 마침내 자유인으로서 자기 존재로 되돌아왔을 때, 그는 이 존재를 질풍처럼 살았을 것이다. 그도 그럴 것이 그는 기꺼이 모든 것을 탕진하려고 했으니까! 그러나 삶을 향락하는 사람으로서의 자기 소비는 그에게서 거부되었다. 그의 작품에 대해서만 그는 자기를 소비시킬 수 있었을 뿐이다. 그것은 행복이었다 ─ 그리고 고통이었다. 또한 성취였다! 왜냐하면 1947년 그가 이 세상을 떠나갔을 때, 그는 자기 자신에 대해, 자기 세대에 대해, 자기 시대에 대해 그럴 만한 것, 그리고 남겨질 만한 것을 말했던 것이다. 참된 것을 두려움 없이, 무구속성과 경탄스러움을 향한 용기를 보여주었다. 그의 운명을 결정한 슬픔, 고통, 의식은 많은 건강한 사람들에게 결여되어 있는 용기의 실현이라는 면에서 기여한 바 있다. 그는 이미 저쪽에 서 있는 사람이었다. 이쪽에 대해 더 이상 두려워할 필요가 없었다.

그의 삶, 사상, 저작은 진실에 값하는 것이었다. 진실이 괴롭고도 외로운 일이라는 사실을 그는 이미 젊은 나이에 체험했다. 그러나 이러한 고통과 고독을 참는 곳에 구제가 있었다. 진실의 맞은편에 놓여 있는 은둔적 침묵을 그는 참을 수 없었으리라. 그에게는 벌써 하늘의 정업定業이 주어져 있었다. 그는 군인으로 복무하던 중 수백만 명을 파멸로 몰고 가는 허위에 직면해서 찾아낸 진실을 편지에 쓴 적이 있다. 이 편지는 함부르크의 가택수색에서 발견되었고, 그는 재판에 회부되었다. 스무 살의 이 청년은 체포되기 전에 다른 수만 명의 독일 청년들과 함께 러시아의 전장으로 출동해 있었다. 그는 이 수만 명의 젊은이들이 버림받은, 망망한 러시아 땅에서 피 흘리는 것을 목격했다. 그 또한 피를 흘렸다. 그는 중병에 걸렸고, 검찰관은 그를 그의 집에서부터 일선까지 잡으러 왔다. 야전병원에서 그는 탄환으로 짓이겨진 손을 보듬고 황달과 디프테리아의 고열에 시달리면서 후방 뉘른베르크의 감옥으로 끌려갔다. 중환자인 그는 법정에 섰다. 법정은 진실을 고백한, 이 죽어가는 젊은이에게 사형을 언도했다. 6주 동안 그는 감방에서 홀로 죽음의 위협 앞에 버려져 있었다. 낮과 밤은 그대로 지옥이었다. 세모뇹스키의 교수대에 앉은 도스토옙스키!

그러나 그는 다시 한번 삶으로 돌아올 수 있었다. 아직 어리다는 이유로 감형되었던 것이다. 그에게 선사된 삶은, 그러나 어두운 감방 속의 짓누를 듯한 고독이었다. 반년 뒤 그는 가석방의 은혜를 입게 되었다. 그러나 그 은혜란 다시금 일선 복무라는 것. 다시 러시아로! 그의 몸은 병들고 약해졌으나 최전방으로 쫓겨났다. 그의 병은 이 무자비한 명령보다도 한층 심각한 것이었다. 죽음의 도구로서 보르헤르트는 무용한 존재가 되었다. 그는 최전선에서 위수지로 옮겨졌다. 그는 아무짝에도 쓸모없는 폐인과 다름없었다. 이때 한 전선 극장이 그에게 순회공연에 참가하기를 요청했다. 그는

군 복무 이전 뉘른베르크 지방 무대에서 몇 차례 희곡을 상연한 일이 있었다. 군에서는 이제 무용지물이 된 그를 놓아주었다. 그러나 병영의 문이 열리기 전날 밤, 한방의 동료가 몇 마디의 정치적 농담을 구실 삼아 그를 밀고했으며, 그는 다시금 피체되었다. 또다시 고독한 감방 생활이었다. 이번엔 9개월의 형기였다. 유폐된 감방 안에서 죽음의 외침만 쓸쓸했다. 어떤 은총도, 어떤 도움의 손길도 이 치유할 수 없는 병에게 주어지지 않았다.

베를린에서의 감방 생활을 끝낸 보르헤르트는 1945년 봄 프랑크푸르트에서 연합군 측 프랑스군에 붙잡혀 포로가 되었다. 그러나 프랑스의 포로수용소로 이송되던 중 탈주에 성공한 그는 북으로 옮겨가는 전선을 뒤로하고 걸어서 고향으로 향했다. 완전히 기진맥진하고 열이 펄펄 끓는 상태에서 초여름의 5월 10일, 함부르크 건너편 엘베 강에 이르렀다. 그 하루 뒤 그는 고향의 부모 곁에 도착했다. 죽은 줄 알았던 자, 죽음에서 돌아온 자처럼 감사하게 만났다.

그는 오랫동안 쉬어야 했다. 그러나 그의 방에는 안정이 없었다. 그는 새롭게 시작하고자 했으며, 존재에 굶주리고 행동을 즐거워했다. 오늘날 우리는 그가 휴식을 취했더라도 별 도움이 되지 않았으리라고 생각한다. 전장과 감옥을 오가며 얻은 그의 병든 육체와 함께 소모되었던 것은 어떤 의사의 치료로도 다시 충전될 수 없었다. 따라서 새로운 삶의

첫 파도가 그에게 밀려왔다는 것은 좋은 일이었다. 어림할 수 없는, 불쑥 튕겨져 나온, 어떤 약으로도 진정되지 않는 병이 그의 존재를 고통스럽게 했다. 그는 저항했다. 그는 굴복하지 않으려고 했다. 그는 함부르크 극장에서 레싱의 드라마 「현자 나탄」의 조감독을 맡았으며 카바레에서 공연하기도 했다. 그는 이때에도 자주 계단을 오르지 못하는가 하면, 출연 도중에 고통과 호흡곤란을 호소하기도 했다.

그는 그렇게 하기를 원했던 것이다! 새로운, 그럴싸한 존재를 향한 희망을 품고서.

1947년 9월 마침내 그는 여행을 할 수 있었다. 우리는 그 이별에 커다란 뜻을 두지 않는다. 보르헤르트는 얼마간 존재하지 않는 듯이 보인다. 그의 시선은 우리에서 멀어져 알 수 없는 곳으로 미끄러져 갔다. 영혼 안에서 이미 그는 여행을 떠났다. 방과 책상을 그는 마치 그것이 최후의 이별에 값하는 것이라도 되는 듯, 깨끗이 정돈했다. 더 정리될 것은 아무것도 남아 있지 않았다.

향수가, 그가 생각하고자 했던 것보다 훨씬 조급히 그를 몰아댔다. 흥분한 환자가 숨을 쉬려고 애쓰는 가운데, 기차는 라인 강 상류의 평원을 지나고 있었다. 그의 어머니는 보르헤르트의 시선을 강물로 돌리려고 했으나 그는 고통스럽게 외면해버렸다. 그는 사랑스러운 잿빛 엘베 강을 더 이상 바라볼 수 없었다. 이제 또 라인 강을 향해 인사하고 싶지도 않았다.

함부르크 시계의 바일 역에서 어머니는 이 지칠 대로 지친 아들의 손을 걱정스럽게 놓아버릴 수밖에 없었다. 그녀는 시계를 월경할 수 없었다. 관의 법령은 인간의 관계나 필요보다 훨씬 강력한 것이었다. 독일과 독일 사람은 여전히 경계를 받고 살았던 것이다. 그리하여 보르헤르트는 이 지상에서의 마지막 길을 홀로 걸어갈 수밖에 없었다.

기차가 구르기 시작하자, 그는 창문에 단정히 앉아 눈짓을 했다. 기차는 미끄러져 갔다. 이것이 어머니에 대한 마지막 인사며, 그가 다시 한번 이별할 수밖에 없었던 고향에 대한 마지막 인사였다. 이번에는 영원히……

(그는 이 여행의 결과, 스위스 바젤의 요양병원에서 죽었다.)

옮긴이의 말
눈물의 유머
─ 보르헤르트를 세 번 다른 판으로 내면서

　　1975년에 처음, 2000년에 두번째로, 그리고 2018년 이번에 다시 세번째로 보르헤르트 작품집을 내놓는다. 반세기 가까운 시간에 걸쳐 판을 바꿔가며 이 책을 거듭 출판한다는 것은, 무엇보다 독자들의 끊임없는 반응이 있다는 것을 말해준다. 이쯤 되면 이미 고전의 반열에 오른 것이 아닐까. 1921년 제1차 세계대전이 끝난 전후 혼란기에 태어나서 1939~1945년에 걸친 제2차 세계대전과 나치의 엄혹한 현실 한복판에서 청년기를 빼앗기고 1947년 스물여섯 살의 나이로 사라져간 한 영혼이 사후 70여 년 만에 고전이 되었는지, 그의 작품집을 처음 발견하고 이를 번역·소개한 나로서는 다소 망연한 느낌을 갖게 된다. 보르헤르트의 무엇이 20세기와 21세기 독자들을 함께 사로잡는가. 아날로그에서 디지털로, 활자에서 영상으로 변화해온 미디어 혁명에도 불구하고 문학에 대한 사람들의 감수성은 그리 달라지지 않았다는 것인지 자못 안도의 마음이 드는 것이 사실이다. 아, 눈물과 웃음의 영원성이라니!

보르헤르트의 『이별 없는 세대』는 눈물과 분노 없이는 문학이 이루어지지 않는다는 사실과 함께, 눈물과 분노 자체는 문학이 아니라는 명제를 진리로서 보여준다. 여기 실린 그의 모든 작품에는 눈물과 분노가 깔려 있다. 스무 살 청년의 문학적 열정을 반反국가사범으로 처형하고자 했던 나치의 만행에 대한 분노는 그의 소설과 시의 원초적 모티프였다. 그러나 그의 작품 어느 곳에도 그것은 날것으로 드러나지 않는다. 보르헤르트는 분노로 인해 통곡하였으나 결코 그것을 눈물로 흘려버리지 않았다. 그는 눈물을 심장에 가두어 유머로 바꾸어 표출했다. 그것은 지혜이자 용기이다. 눈물과 유머의 문학이다.

보르헤르트는 탄압의 고통 가운데에서도 해맑은 미소를 잃지 않은 부드러운 미소년이었으며, 아름다운 언어의 생산자, 절망을 넘어서는 저 유머의 명인이었다. 폭력으로 세상을 지배하고 그 위에 군림하려는 독재자쯤은 젊은 그의 웃음과 언어 속에서 한 뼘의 크기로 작아져 있고, 마침내 지워지고 있었다. 그것이 대체 가능한 일이란 말인가. 보르헤르트 문체라고 할 수 있는 짧은 단문을 통해서…… 그러나 그는 그것을 넉넉히 해냈다. 그 마음씨와 능력은 엄청난 경이였다. 그 위에 보르헤르트 문학이 생겨났고 독일 문학은 새로운 명예를 얻게 되었다.

독일 문학이 폐허가 된 땅에서 보르헤르트를 갖게 되었다는 것은 기대하지 못한 행운이었고, 현실의 패배가 오히려 문학에서의 극복과 초월, 승리를 가져올 수도 있다는 것을 알게 된 교훈이었다. 10대에 전쟁에 끌려가 죽음의 문턱에서 메모 형식의 글을 쓸 수밖에 없었던 천재. 그의 모든 작품들은 전쟁이 끝난 뒤 기껏해야 2년 남짓한 기간 동안 병상에서 씌었으며, 그 작업이 바야흐로 궤도에 오를 즈음 마치 사명을 다한 듯 표표히 떠나가 버렸다. 짧은 일생 동안 그 어느 누구와도, 이른바 문단의 인물들과 교통이 있을 수 없었던 그의 작품이 세상에 나오자, 독일은 물론 유럽 문단은 전율을 금치 못했다. 죽음 앞에서의 침착, 원수를 사랑으로 쳐다보는 의연함, 단아한 문장으로 그 모든 것을 담아내는 언어 사랑의 힘. 독일 문학이 일찍이 경험해보지 못한 미지의 영역이 거기에 있었다.

전쟁이 끝나고 훨씬 뒤, 보르헤르트가 이미 세상을 떠난 어느 날, 전후 독일 문학의 리더 격이었던 노벨상 수상 작가 하인리히 뵐은 「폐허문학에 대한 고백」이라는 글에서 보르헤르트를 추모하듯 절망 대신 유머라고 그 힘을 갈파했다. 환상적 이상주의와 사변의 관념성을 특징으로 하는 독일 문학의 오랜 관습을 넘어서, 폭력으로 인류와 작가를 위협했던 나치의 반反문화성이 보르헤르트를 통해 오히려 눈물 젖은 유머의 자산을 생산해냈다는 역설에서 문학의 아름다운 감동을 보게 된다. 참다운 문학은 언제나 승자다.

작가 연보

1921   5월 20일 독일 함부르크의 에펜도르프에서 출생. 아버
         지 프리츠 보르헤르트Fritz Borchert는 초등학교 교사, 어
         머니 헤르타Hertha Borchert는 유명한 향토 작가.

1928   초등학교에 입학.

1932   에펜도르프 실업학교에 입학.

1936   열다섯 살에 시를 쓰기 시작함.

1938   『함부르거 안차이거*Hamburger Anzeiger*』에 생애 처음으
         로 시 「기사의 노래*Reiterlied*」가 실림.
         12월 실업학교 졸업.

1939   배우가 되고 싶었지만 부모의 반대로 함부르크의 하인
         리히 보이젠Heinrich Boysen 서점의 견습 직원이 됨.
         헬무트 그멜린Helmuth Gmelin에게 연기 수업을 받음.

1940   불온한 시를 쓴 혐의로 게슈타포에게 체포되어 심문받음.
         12월 서점을 그만둠.

1941   3월 3일~6월 6일 뤼네부르크의 '동부 하노버 주립 극단
         Landesbühne Osthannover'과 계약을 맺고 배우로 활동함.

6월 소집 명령을 받고 입대, 바이마르에서 전차부대 통신병으로 복무.

11월 전방으로 수송되어 비텝스크에 주둔함.

12월 동부전선 칼리닌에서 전투에 투입.

1942   1월~2월 황달 증세가 나타남.

보초 근무 중 왼손에 총상을 입음. 가운뎃손가락을 절단함.

5월 자해로 의심받고 병역 기피 혐의로 군법 회의에 회부됨. 뉘른베르크의 미결감에 수감되어 약 3개월간 독방 생활을 함.

7월 말 열린 재판에서 검사는 총살형을 구형하였으나 무죄를 언도받음. 그러나 반국가적인 내용의 편지들과 국가 모독 혐의로 인해 계속 미결수로 구금됨. 검찰은 다시 사형을 구형하였으나 재판부는 나이가 어리다는 사실과 일부 무혐의를 인정하여 4개월의 징역을 선고함. 변호인의 도움을 받아 전선에 복무한다는 조건으로 구금 6주로 변경.

10월~11월 잘펠트 및 예나 위수지에서 복무.

12월 동부전선에 투입되어 토로페츠 전투에 참가. 동상에 걸려 야전병원으로 이송되었으나 열병, 황달 증세를 보이자 발진티푸스 환자로 의심되어 스몰렌스크 전염병 야전병원으로 보내짐.

1943   라돔과 민스크를 거쳐 3월 독일 하르츠 지방 엘렌트 야
       전병원에 입원.

       9월 휴가 중에 폭격으로 폐허가 된 함부르크 방문.

       10월 휴가를 마치고 예나로 복귀.

       11월 복무 부적합으로 전역해 전선 위문 극단에 투입될
       예정이었으나, 떠나기 전날 동료들과의 환송식 고별사
       내용이 괴벨스를 모독한 것이라는 밀고로 다시 구금됨.

1944   베를린의 모아비트 교도소에 수감됨. 투옥된 상황에서
       도 집필 활동을 계속함.

       9월 집행유예로 풀려나 다시 예나의 수비대로 복귀.

1945   패색이 짙어가는 독일군을 따라 후퇴 도중 프랑스군에
       붙잡혀 포로가 됨. 포로수용소로 이송 중에 탈주함.

       5월 10일 도보로 처절한 고생 끝에 고향 함부르크에 도
       착.

       9월 말~10월 초 함부르크의 카바레 극장에서 활동함.

       11월 고트홀트 레싱의 「현자 나탄Nathan der Weise」 공
       연의 조감독을 맡음.

       군 복무 시절의 영양 부족과 혹사 등이 원인이 되어 치
       명적인 간 질환을 앓고 병석에 눕게 됨. 이후 줄곧 침대
       생활을 벗어나지 못함.

1946   연초에 엘리자베트 병원에 입원.

       1월 24일 대표작 「민들레Die Hundeblume」 완성.

4월 30일 「민들레」가 『함부르크 자유 신문Hamburger Freien Presse』에 실림.

부활절이 지나고 퇴원해 집에서 생활함. 기껏해야 1년 정도로 수명이 얼마 남지 않았다는 의사의 진단을 받음. 「오후와 밤의 열차Eisenbahnen, nachmittags und nachts」 「이별 없는 세대Generation ohne Abschied」「지붕 위의 대화Gespräch über den Dächern」「예수는 함께 일하지 않는다Jesus macht nicht mehr mit」「신의 눈Gottes Auge」「까마귀도 밤이면 집을 찾는데……Die Krähen fliegen abends nach Hause」「지나가 버렸네Vorbei vorbei」「여기 있어줘요, 기린Bleib doch, Giraffe」「네 명의 병사Vier Soldaten」 등 약 20여 편에 달하는 작품을 씀.

12월 시집 『가로등, 밤, 별들Laterne, Nacht und Sterne』 출간.

1947　1월 희곡「문밖에서Draußen von der Tür」완성.

2월 13일 「문밖에서」가 방송극으로 방영되어 큰 호응을 얻음.

단편 「밤에는 쥐들도 잠을 잔다Nachts schlafen die Ratten doch」「부엌 시계Die Küchenuhr」「적설Der viele viele Schnee」「캥거루Das Känguruh」「볼링 레인Die Kegelbahn」 「아마도 그녀는 장밋빛 속옷을 입었을 거야Vielleicht hat sie ein rosa Hemd」「밤꾀꼬리가 노래한다Die Nachtigall singt」「우리의 작은 모차르트Unser kleiner Mozart」등을 발표함.

4월 단편집 『민들레』 출간.

9월 22일 고페르츠, 오프레히트, 로볼트 등 친구들과 후원자들의 도움을 받아 간이침대차에 실려 스위스 바젤의 클라라 요양병원으로 이송.

10월 유명한 반전 선언문 「그렇다면 선택은 오로지 하나뿐!Dann gibt es nur eins!」완성.

11월 20일 클라라 요양병원에서 사망.

11월 21일 함부르크 실내 소극장에서 「문밖에서」초연됨.

11월 24일 바젤의 회른리 공동묘지에 매장됨.

11월 말 단편집 『이번 화요일에An diesem Dienstag』출간.

1948   2월 17일 함부르크의 올스도르프 공동묘지에 안장됨.

1949   보르헤르트 사후 로볼트Rowholt 출판사에서 『보르헤르트 전집Das Gesamtwerk』출간.